王小忠／著

静静守望太阳神

行 走 甘 南

海天出版社（中国·深圳）

图书在版编目(CIP)数据

静静守望太阳神:行走甘南 / 王小忠著. -- 深圳:
海天出版社, 2015.7
（行走文丛）
ISBN 978-7-5507-1366-6

Ⅰ.①静… Ⅱ.①王… Ⅲ.①散文集－中国－当代
Ⅳ.①I267

中国版本图书馆CIP数据核字(2015)第094513号

静静守望太阳神：行走甘南

JINGJING SHOUWANG TAIYANGSHEN：XINGZOU GANNAN

出 品 人　陈新亮
责任编辑　张小娟 (xiaojuanz@21cn.com)
责任技编　蔡梅琴
装帧设计　李松樟书籍设计工作室

出版发行　海天出版社
地　　址　深圳市彩田南路海天综合大厦 　(518033)
网　　址　www.htph.com.cn
订购电话　0755-83460137(批发)　83460397(邮购)
设计制作　李松璋书籍设计工作室
印　　刷　深圳市华信图文印务有限公司
开　　本　787mm×1092mm　1/16
印　　张　11.5
字　　数　180千
版　　次　2015年7月第1版
印　　次　2015年7月第1次
定　　价　42.00元

由王小忠的文字说说自然中心主义写作

黄老邪

　　与王小忠相见，是在2010年8月。我赴湖北丹江口参加散文诗笔会，在与会代表名单中发现有他，但没见到本人。后来打听从甘南来的诗人，才知王小忠来鄂半途因家有急事，折返回去了。笔会来的人多，我想见到的，也是通过诗文"神交"已久的人。那次本来能晤面，却失之交臂。正当我怅然若失，一位福建诗友问我想不想同去甘南一游？正值暑假，当即决定去甘南。想看看逶迤绵延的大草原，想听听拉卜楞寺和郎木寺神圣的法号，想晒晒甘南尕海八月纯净阳光。甘南，在我记忆里，是雪水润泽的纯美之地。雪山洁净，草原缥缈；溪水纵流，牛羊成群；山岩神秘，大寺闪亮。转山者身披氆氇，匍匐大地，心举太阳，虔诚朝拜。神圣的天葬、雪水中浸着六字真言的石头、风中飞扬的桑烟幡旗……这些由王小忠等甘南作家所写的文字美景，在我梦里，多次映现。

　　从丹江口到襄樊，再到西安、天水、兰州、合作，一路闷热无比，辗转千里。我由南方的闷热，进入了西北的凉净，内心喜悦，无法言说。怪不得甘南作家都能写出美轮美奂的文章，原来天地不同。从踏上甘南草原那天起，我便爱上了甘南，开始偏爱甘南作家的诗文。在甘南州府短暂小憩后，在当地诗人牧风的陪伴下，驱车前往王小忠居住的临潭冶力关小镇。到达小镇时，正值中午。8月的阳光凉爽，清风携明亮的水流从身上漫过，我闻到了雪水浸润的泥香、麦子和青稞的醉甜，以及各种花草树木清新的味道。小镇在一个四处被包裹的群山中，是一个遗世独立的桃源。走在小镇，只能把脚步放轻，把说话声放轻，甚至连呼吸，也要像清风。因为任何嘈杂和沉重，都会刺痛小镇的安宁。

　　小镇的青年教师王小忠来了，还带了两大包山野菜。他身体细高、单薄，面容黝黑、清瘦。这个文质彬彬的小伙子，脸上带着羞涩，说话轻轻。但喝起酒来，却是豪放的男子汉。那天中午，我们在一处有着梨树和许多花草的小院子里用餐。王小忠敬酒，用一只盘子托着10只斟满了酒的小杯子绕桌走到我面前，他说："黄老，喝酒！"说完，拿起一杯酒给我，又拿起另一杯在手里，等我把第一杯喝完。小忠是个不擅言谈的人，这简单的敬酒话，真挚热情。我心一热，将第一杯喝下去，他又递上第二杯。要喝10杯？我惊悚。他安慰说：就喝5杯，另外5杯他喝。我喝得踌躇，他喝得痛快，10杯酒瞬间饮尽。我心想：这就是甘南的诗人，纯净、快乐，不光是文字纯粹，喝酒也痛快。甘南的酒啊，醉心不醉身！

　　之后几天，王小忠和牧风陪我们走了冶力关山岭、湖泊、草原。纯净清澈的草木，总是与身影和脚步连缀一起。近处，清风吹得麦子和青稞涟漪闪动；远处，雪山的白和大寺的金顶，被阳光塑成了大片银子和大堆金子。身边的牦牛和白羊随草原翻卷滚动。隆达、玛尼石、风马旗、格桑花、八宝如意……慈悲的生活，进入了内心的审美。孤独、寂寞，被神性的光芒一次次照耀。诗人、作家王小忠就是小镇上的一根草木，感受风霜雨雪；公民王小忠就是小镇上的一个小动物，宁静地恋爱、成家、生子。闲暇藉草而坐，撩撩脚下溪水，看看眼前湖泊，望望远方雪山。灵感涌现，没带纸笔无法记录文字，鸟儿们替他记下了，一根野草或一丛小花替

静静守望太阳神：行走甘南

他珍藏了。王小忠真是有福，小镇上没有都市人车鼎沸的烦躁，也没有污浊的雾霾侵扰，只有纯净、冷冽和宁寂，陪伴他独行的步履，有如梭罗守护明净的瓦尔登湖。雪水洗亮的文字，纯净、自然，闪着光泽。

我陆续读了他的集子《小镇上》《甘南草原》《红尘往事》。悲天悯人的文字，带着神性的光辉，自然中心主义母题总与小镇、草原、雪山、溪水、格桑花、麦子和青稞有关。这些甘南大地的符号，是小忠的心灵之思，也是小忠的诗性宣言和价值观。这些符号映现的，是一位作家在边缘之地的怀想。小忠在这里思考，恍若自然之子。他夜晚与友人坐玛曲黄河边，一轮明月照身，一壶青稞醉心。《静静守望太阳神——行走甘南》记录的，正是自然之子的见闻与沉思。本态、自由，语言有如清风拂过草原，所有的花花草草，都唱起了生命的谣曲。甘南的诗人作家，物质上虽无法与内地相比，有的甚至清贫，但精神上却无比富有。我想起古希腊哲人所认同这样的人生观：人只有到了一无所求时，才可为尊、为王。淡泊的人写出的文字，也一定纯净。从另一层面来说，境由心造。对俗世之人来讲，境虽好，若心不住，也是枉然，写出的文字也是虚假。小忠倾灵魂写作，无论诗，还是散文，都灌注旺盛的精神气象。

王小忠的写作文本，多为甘南藏族生活本态，是非虚构地域文化写实文本。这既是他自然本态的生活再现，也是难得的对自身精神世界的发掘。这也许与我们身处的新消费主义的"弑神"时代理想格格不入。都市生活一切以自身的快活为主要，以快捷的资讯为认知世界的主体方式。身处都市的人，已然忘记了自身所处的生命原本的地域性，从而忽略了对自然人生的初心正觉。一些作家或诗人终日面对的，是纷扰的尘世对心灵的蒙垢与污染。那些所谓的超前写作，文字总是缺失地域文化独立鲜活的"根性"。因此，长期以来，我反感以群体性的相同理念迎合主题的写作。这种写作对于文学整体大环境很不利，也戕害了作家的独立思考，对以纯净的"自然中心主义新宗教"为创作圭臬的作家更有损害。这就需要自然中心主义作家的内心，要有坚守的意志。王小忠观察甘南，能于广袤与辽阔中，提纯生命的大美。喜与忧、痛与悲、灵与肉，都是自然之生命、本态之生活。匍匐大地者，身体卑微，灵魂高贵；就连死亡，也要高踞穹天，也要随鹰的灵魂一起飞翔。事实上，人的生命类同草木，春秋冬夏，葳蕤枯萎，源于自然，归于自然。藏民族的生死归天、天人合一之超脱思想，已然深入了藏族作家们的神性思考。他们的写作，不耽于地域性的古旧，而是以神性为启引，打造意境、构筑情境。每一个文字，都是一声鸟鸣；每一行句子，都是一队大雁。我从王小忠的冶力关小镇、当周草原、玛曲黄河、米拉日巴九层佛阁、拉卜楞寺、郎木寺等文字里，读到了自然中心主义文学意蕴。有如梭罗写瓦尔登湖、贝斯特写科德角海滩、约翰·巴勒斯写无人涉足的山林。人与自然，是相互协调与融入的。作家对草木山川和人本生命的感悟，让创作视域辽阔博大。因为人的自我实现，依赖于自我认同对象范围的不断扩大，而知性则来自于大地。大地之上，人与所有生物及实体，作为与整体相关的部分，他们的内在价值是平等的。罗尔斯顿的自然价值观，也提出了"自然存在是具有内在价值"的看法，这是人对其负有客观义务的根据。而我多年来所认同或倡导的"自然中心主义"写作文本，并非只是自然本身，更多的，是人和自然交融为主体的相亲相融相知的感受、经历。面对自然，作家更应有独立思考，更应坚守寂寞，进行写作。

从文学本体看，它是对现在愈走愈远的文学观念的挑战或反拨。

"行走"带来的，就一定有"非行走"所不能感受到的鲜活，无论是历史还是现实。这是由作家的文学理想决定的。但是，在自然与人的关联上，中国作家反思得很少，根本没有资格与世界自然中心主义大师们进行对话，如：爱默生、梭罗、蕾切尔·卡逊、约翰·缪尔等。我无法在当下中国文坛找到此类作家。诸多因素让中国作家们无法具有伊拉斯谟笔下的境界："那些在自然形成的路上缓缓而行的人，是无与伦比最幸福的人。那些自然形成的路，不会将我们引入歧途，除非我们甘愿偏离大自然小心谨慎为我们这些凡人设定的疆界。古朴纯真的自然最具亮丽色彩。"自然中心主义心灵指向，应该如此。对于有关甘南的记忆来说，王小忠太像一粒纯洁的雪花，融化或长大，都会是一脉清冽。他适合甘南，甘南也适合他。他在风雪吹拂的原野上游走，他在连天接地的花草间飞翔，他在经文闪亮的阳光下呼吸，他皈依或回返了一个葱郁茂盛的精神之途。

2013年8月3日　于沈城浑河之畔

（黄老邪，原名黄恩鹏，中国作家协会会员，北京某艺术学院文艺研究所研究员）

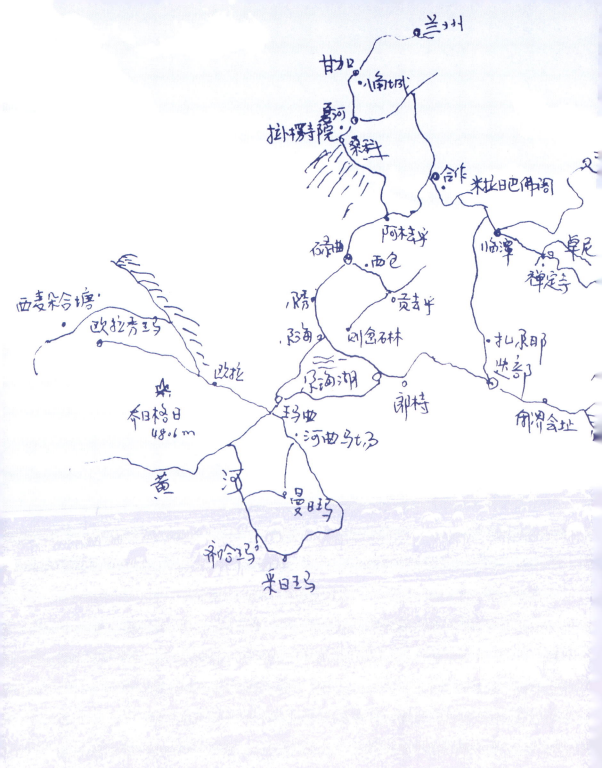

目 录 ▶

静静守望太阳神：行走甘南

生命在甘南草原不断盛开

一只可爱的羚羊载着尘世的艰辛

她走过每一片草原

温情处处

鲜花盛开

走过青藏和甘南

留下三河一江日日夜夜歌唱……

甘南草原

当草色隐退

你倒下去是白银

站起来是黄金

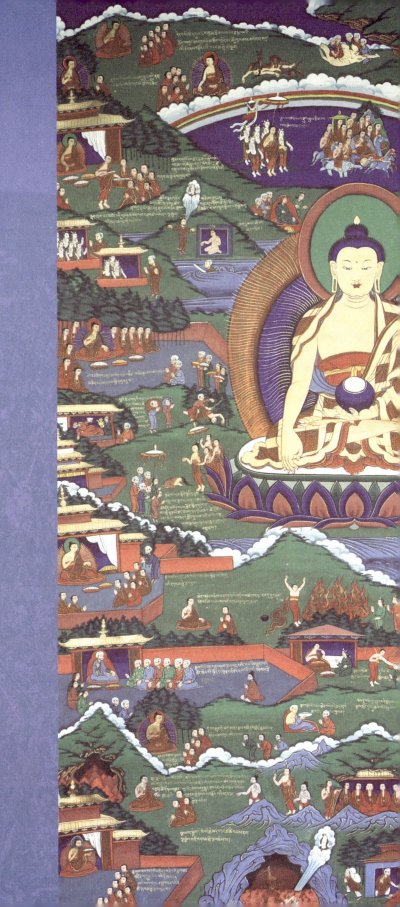

我在欧拉秀玛等你

我愈加深刻地感悟到，
一个民族的强大，
源自这个民族个体内心的强大。
因为，
世界无法阻挡一个人真正面对生活而发出的那种坚韧性。

我明白了思索多日的一个问题——
当生命的末日来临，
或死亡的丧钟把我们的荣辱定谳，
谁敢在平淡的生活面前称自己是幸运或伟大的？

1

动身已经是下午了，我要去海拔4000多米的欧拉秀玛乡。欧拉秀玛乡位于甘肃省玛曲县西部，地处黄河南岸，阿尼玛卿山北麓，面积600多平方公里，1966年年为西科河羊场，1983年置欧拉秀玛乡。1984年在原西科河羊场小学的基础上，建立了欧拉秀玛完全寄宿制学校。我的朋友在2000年的秋天去欧拉秀玛学校支教的，支教期满以后，他向当地教委提出申请，要求直接留在那片草原上。欧拉秀玛学校刚建立的时候据说只有两三个学生，大家都不愿意去那儿教书，因为地广人稀，气候、环境恶劣。当时整个学校里他是唯一的大学生，而且多少懂点藏语，会操作计算机，所以，他的重要性一下子就体现了出来。也正是特殊环境的原因，他的心才有所动摇。或者，与生

🔖 幸福不是说来就来的，幸福只是一种念想。其实，我们的坚守就是幸福

存和就业压力相对紧迫的都市相比，他更加找到了某种优越感。当然这是我的猜想。总之，他一去欧拉秀玛，十多年一直没有回来，在那片鲜花竞放、寒风肆虐的草原上安然教书。

想起多年以前，我们经常相聚在草原，在牛粪火堆旁诉说心事，跳锅庄；想起那些逝去多年的往事，心里总有说不出的难过。站在黄河岸边，看着一片一片草地枯黄的时候，满怀空落的我就情不自禁地自语，你在那里好不好？其实这些年我们都一样，能在阳光下感受到生活给予的光明和温暖，已经很幸福了。然而幸福不是说来就来的，幸福只是一种念想。我不知道他在那片草原上守护着怎样的幸福。

说好就在这个月初去那片"吉祥花滩"——西麦朵合塘，去看美丽的龙胆草和独一味，去看另一片草原的辽阔和寂寞。他在那边等我，我不再迷恋路途中的风景。赶到玛曲的时候天已经黑了，原本第二天早早乘坐去欧拉秀

我没有看到因为黄河大桥的加固带给他们多大困难，
更没有听到由于桥面的堵塞而怨声载道

玛的班车，然而就在那夜下起了大雨。去欧拉秀玛只能暂时取消，因为我知道，玛曲县至欧拉秀玛的公路建设正在进行中，遇到大雨，就不能继续前行了。

2

绵绵阴雨一下就是好几日，天还没有放晴的迹象，心里像蒙了一层薄雾。一直想找一处安静之地，静心休养几日，于是孑然一身，山一程水一程到处寻觅，想不到这连日阴雨倒满足了我瞬时的心愿。然而当我独居玛曲，连日不开的阴雨天却让我倍感烦恼，顿觉了然无趣，甚至对整个尘世都有了一种厌倦。第五天早上，我从被窝里探出头一看，天气依旧没有给人带来惊喜。透过沾满雾珠的玻璃，遥远的草原依旧呈现出一片迷茫，闪动如彩带的黄河也似乎失去了往昔的神采，黯然而不动声色。玛曲的七月就这样，它不会因为一个远道而来的俗客就此改变个性。原本想打道回府，而又觉得对不起朋友，好在是暑假期，索性又住了几日。

黄河路最近又修补了。踏上平整、光洁的黄河路是住在玛曲第八天的一个午后。雨总算停了，玛曲立刻变得新奇起来，但它绝不容你用广阔或空寂的陈词来形容。一条笔直的路平铺在眼前，突然感到离目的地越来越远。路两边是无垠的草原，阵阵花香时时飘来，我不能就此停止脚步，更不能因为花香而放弃赶行的目的。我要以自己的脚步印证最初的想法，那种源于想象的闲散随性使我忘记了远在欧拉秀玛的他。

眼前的黄河与我的想象大相径庭。它平静、稳然，我意念中的波涛起伏瞬时化为一种澹定。而河面的平静却使我在很短的时间内产生了巨大的恐惧。此刻黄河之水并没有卷起千堆雪的那种气势，它实在太平稳了。站在岸边，你根本感觉不到它的流动。当我把手伸进水中，才发觉有一种巨大的力量，这种力量恰似心脏的跳动，平稳中蕴藏无限的暴力和狂热。这种表面的平稳与深层的激荡，使我明白了思索多日的一个问题——当生命的末日来临，或死亡的丧钟把我们的荣辱定谳，谁敢在平淡的生活面前称自己是幸运或伟大的？每天都想象着在平稳中度过，可又有谁洞察到潜藏在平稳之中的那种凶险？我不否认，心灵之中的确多出了莫名的激动和强大。面对宽广的河面大声吟诵它的雄伟，那肯定是虚伪的心灵在作怪。虚伪是否是一个人灵魂真正空洞的表现？我想起另一个朋友说过的话。

2012年7月，我陪朋友去位于玛曲县城正北方3公里处的卓格尼玛外香寺。走到玛曲天色已近黄昏，天边是一团一团金色的云朵，草原和黄河于遥远的地方闪动着缥缈的光芒。我们沿寺院转了一圈，天色就暗了下来。寺院僧人做晚课，法器之声迂回于耳边。朋友说，一个人心灵如果真要强大，其实不需要分场景的。他漫不经心的话让我又想到黄河。

第一次见到首曲黄河的时候，河流平缓，河面如镜，留给我的印象是那么的平静，一反从前奔腾咆哮的印象。可它同样是黄河，别以为平静中无起伏，它在积蓄力量。平静与奔腾均是它的性格。生活在大地上的人们总是要彰显其个性，不合时宜的卓尔不群，恰好暴露了心灵的卑微。可惜，这样的道理却不为世人所称道。

继续前行，见黄河南岸停泊着两艘年久失修的船，它周身油漆斑驳，曾经辉煌的岁月已被时间的风尘所淹没。看不到"谁谓河广，一苇杭之"的壮

秘密在黄昏时被打开，时间深处，它们和我一样，显得无尽苍茫

举，听不见轰鸣四起的马达声。再将想象退置到多年以前，我想，我定会看见有人手扶皮袋，牵着马尾于激流中泅渡。有人手持长篙，撑竹筏于平缓中高歌天下黄河几道弯。

　　小心翼翼登上船，双手扶住晃动的船舷，看着广阔而闪动粼光的河面，我心里害怕起来。远看这船华丽豪奢，实际上它已破败不堪，船舱内堆积着厚厚的淤泥、衰草和鸟粪，柴油机大半浸在污水中，看不见它当初的那种嚣张姿态。望着舱底污浊的河水和漂浮在水面上的闪动着七彩光斑的油花，心里像是被一条无形的长鞭使劲抽了一下。人类在文明的进程中不断创造文明的同时，又不断地遗弃着文明。显然，前者是本能的开发，后者则是理性的破坏。我无法追溯这只船的过去，凭船身上留下的依稀可见的"德吉×号"的字样来断定，它停在这儿受风雨侵蚀的日子大概有十多年了吧！我的身后是无穷无尽的草原，我的身前是一览无遗的黄河。水的漫漶使岸边5米之外的草地全积满了酥软的泥沙。当回望那停泊在岸边突兀的弃船时，怅然所思：黄河缓缓而去，缓缓而去的河面之上满是漂动着的岁月碎屑。那些载歌载酒，曾经泅渡的艰难岁月越来越苍茫，生命的坚韧和张扬也似乎在不断地萎缩，只剩下苦苦的记忆。

当把生活的全部囊括到企盼明媚的阳光中时，就不得不思考"阳光"带给精神与现实的意义了

3

离开黄河，我在南边的草原上随意而行，平展的草原和远处起伏的山峦使我舒展而紧张。阿尼玛卿山在眼底全然如一条沉睡的苍龙。路很长，风太大，看天气，欧拉秀玛似乎越来越远。此时我又想起朋友生活的地方——欧拉秀玛学校。寒风吹拂的红旗下，他带着一群孩子认真履行自己的职责，领悟活着的艰难含义。学校头顶是祭坛，是堆积而起的玛尼石。他在那里写诗，生存，做人。他在那里教书，流泪，徒步百里不见人烟。牧区的流动和高原寒风的侵蚀里，他的文字和他一样坚强而悲怆。放学之后，一个人来到山顶，大声呼喊，我相信谁听到他的声音，谁就是他的亲人。我在草原，我在梦中经常看到这样的情景已经有好多年了。记不清数不完的日子里，他每天放飞的隆达①已腐为泥土，化为青青草苗。从雪山融化而来的溪流胖瘦变

---

① 隆达：风马，幸运之马，印有骏马图案的纸片，是佛事活动时抛撒的吉祥物。

佛从盲窗里窥视众生之秘密。佛从来不在高处，就在那些低矮的花丛中间

化，孩子们走了又来，来了又走，他依然坐在那个小院子里，等待岁月将他稚嫩的面孔染成金子的颜色。我在草原，在冶木河边探询自己活着的意义，他在高原上孤独行走，我们都小心翼翼，可谁能保证在岁月中我们能否成为真正的金子！

返回县城时，黄昏已抵达。天边铅色的云团张开可怕的爪子慢慢朝我头顶压来。凌驾于草之上的小城却显得分外恬静而沉稳。

雨又要下来了。我想，当一场雨后，太阳再次悬挂在草原之上的蔚蓝天空中时，这儿定会弥漫起浓烈的羊膻味和牛粪味，很多人定会赶着马匹，驮着褡裢，向另一个腹地进军了。我深刻地感受到，当把生活的全部囊括到长年累月的企盼明媚的阳光中时，你就不得不思考"阳光"带给精神与现实的意义。

4

天终于晴了，这是我在玛曲的第十天。黄河大桥被封锁，牧民们在陡峭的桥墩侧边的斜坡上来回运送物资。这座黄河大桥建于1979年8月，至今，已历经34个寒暑春秋。34年前，生活在这里的牧民们告别了皮袋马尾泅渡的岁月。走在宽阔的桥面上时，他们又回到34年以前。桥墩侧边的坡度绝不低于40度，盐巴、蔬菜、油桶、帐房杆，还有替代了马匹的交通工具——摩托车，这些东西来回的运送只能靠绳索。我没有看到因黄河大桥的加固让他们拥堵乱挤，更没有听到由于桥面的阻塞而怨声载道。在艳阳高照的中午，我看到的唯有轰轰烈烈的劳动场面。多么纯朴善良的人们啊，由此，我越加深刻地感悟到，一个民族的强大，源自这个民族个体内心的强大。任何艰难困苦都无法阻挡人们面对生活激发出的那种坚韧性。此时，我也深刻地理解了朋友的种种做法。曾经有好多次机会他可以调到县城中学，但他拒绝了，他依然坚守在欧拉秀玛学校，乐此不疲地教书为人。生活中拥有一颗坚定的信心，还有什么可怕呢？

生活给予我们的不仅仅是艰难，还有感怀和幸福

去欧拉秀玛必须过黄河大桥。我在牧民们的帮助下过了桥，然后乘坐拖拉机继续前行。

~

到欧拉了。欧拉很大很辽广，人很稀少，夏日的风中依然蓄满寒意。草原或多或少还是有退化现象，纵然方圆几公里的草场被铁丝网围着。来欧拉秀玛的路上，有个叫才嘎的阿克①给我说，春天风大，沙尘暴来了，10米之内，草原上的牛羊，根本看不见。他说起春夏之交草原上刮起的漫天黄沙，眼神里充满了忧虑。七八月的玛曲，本应是草原最美的季节。而在沿途，我看到了片片草地像长了癞头疮一般，植被稀疏得可怜。衰败的狼毒花和不知名的蓝色、白色小花点缀着草原的边界，稀稀拉拉的垂穗披肩草耷拉着脑袋，旱獭们制造着数不清的洞穴，露出狰狞面孔的沙丘带像一把锋利的匕首插进草原腹地……我问他，是因为过度放牧、人为破坏，还是自然原因？他也不知道，他说，这里需要有很多知识的外来人，更需要本地许多有知识的人。美丽的草原难以留住外来人，来一个走一个，说不上啥原因。

朋友住在学校外面，据说曾经是牧民遗留下来的冬窝。牧民们随季节搬迁，只有那一排排低矮的房子孤独地站在风中，等待主人的再次到来。房子四周杂草丛生，紫色草穗弯下腰身，似乎向大地倾诉什么。我想起六年以前的玛曲中学，同样是一个衰草连天的小院子，我在那里生活了整整一年，在那里教书，写作，在那里处处为早春而绿的小草鞠躬。在我的记忆里，那应该是生命当中最灿烂的一段时日。可是我终究离开了。

欧拉秀玛学校是寄宿制学校，实行月假制。朋友不在，学校里其他老师说，他去了更远的牧场去看望几个没有按时返校的学生。他留下了房门的钥匙，让我等他回来。

在欧拉秀玛住了几天，他还没有回来。我知道，茫茫草原上的行程是没有准数的，然而人生的必修课就是接受无常，他在这片草原这么多年来，必然是经历了生命的低谷和高峰，一心想做自己喜欢的事情，这种坦然的面对里，

① 阿克：藏语，对长辈的尊称，相当于叔叔。

他的生活与生命必将有着与众不同的色彩。而我小住的这几日，也的确感到孤独，每天面对天地的辽阔和茫然，若非内心的强大，根本无法从孤独中逃离出来。这或许也是才嘎所说留不住人的原因吧。

有天半夜，月光明亮，我走出房间，一个人来到草地上，广袤天宇之下，小房子更加显得孤独而矮小。星星在辽远的天幕里闪动着调皮的眼睛，我想，它肯定看不见我们，看不见我们在草原上流浪的样子，也看不见我们的艰难和幸福。

我是风中长大的孩子，第一声牛哞声传来，我知道我已经有了生命寂寞的体验。第一滴晨露落在头顶，我知道我已在冰凉中对生活有了新的理解。第一缕阳光照在身上，我知道我已拥有了幸福。这样的幸福，往往无法诉说。

几日之后，他还没有来，也打听不到他的消息。就在那夜，我给他写了短信：

> 当你看见我这封信的时候，我大概已经回到了家。过段时日家乡就要收割了，我听到大片大片金黄的麦穗发出灿烂的欢笑时，定然会看见你穿梭在草原深处的身影。你的生命不会寂寞，是因为你的生命已经不属于你自己。你不会在生活中感到有丝毫悲伤，不是看不到过多的起伏，而是你的心灵已然无所欲求。在黄河南岸，在大片大片辽阔的草原里，你已经和青草融为一体，点燃了灵魂的灯盏。

> 我知道你也念着我，那些年一同在黄河岸边嬉闹的时光已经成为过去。生活给予我们的不仅仅是艰难，还有感怀和幸福。深知幸福的人才是真正幸福的人。我想，你对自己的选择始终无悔，大概是因为看到了别人感受不到的幸福吧！来年，我依然去欧拉秀玛看你。

第二天清早我把房门的钥匙交给了另外的一个老师，乘坐去县城的拖拉机，离开了欧拉秀玛。一路上，我思绪万千，甚至流下了泪水，但我真的不知道，究竟为了什么。

第一章　生命在甘南草原不断盛开

遥远的草原

静静守望太阳神：行走甘南

当把一切交给时间的时候，
也就认同了命运。
一个认同命运的人，
他的个性也会在这种无法看见的巨大认同里渐次消失。

1

农历四月中旬，落了一场大雪，整个草原被白色的棉被覆盖着，显得异常寂静。一点都不意外，甘南草原的四月如果不落雪，反而让人心里不安。不知道江南的柔情里有着怎样的含蓄和缠绵，但我知道甘南的雪一如既往地耿直和温润。也不知道这场雪来得是对是错，只知道生活在甘南大地上，我再也不会去选择另外的高地。这一切除了承受，还得认真去接受。我们一行四人，就在四月下旬的某个黄昏里，终于赶到了栋智家的牧场。

栋智也似乎刚刚回来，他抖了抖身子，向我们打了个招呼，又去帮嘉毛①赶羊、提奶子去了。雪早就停了下来，而无边无际的冷风依然扫荡着，帐房四

---

① 嘉毛：藏语，媳妇。

014

大片大片辽阔的草原里，你已和青草融为一体，点燃灵魂的灯盏

处直直挺立的衰草高低起伏，不远处的经幡发出呼啦啦的声响。几只藏獒巡视一圈，然后蹲在帐房门口，半闭着眼睛，一动不动。它们对这样的天气早就适应了，没有怨言，也没有逃离，只是默默坚守着。黄昏的斜阳像少女害羞的脸蛋，带着红红的光晕，渐渐隐入西边的云层里。

栋智家最小的儿子道吉醒来了，这家伙有点懒，午觉往往要睡到傍晚。他爬起来，光着屁股跑出去，对着帐房不远的雪地撒了一泡尿，然后进来，蜷缩在皮袄里用惊奇的眼神打量着我们。小家伙大概不到10岁，我知道，他汉语说得相当流利，但如果不是十分熟识的人的话，他是不会说的。

我们头一回进入这片草原，在这片草原上来回穿梭的外地人很多，大多都会来找栋智，在小家伙眼里，来人都是过客，并不是朋友。

栋智到这片草原不过16年，16年的风风雨雨里他收获了两个儿子，一群牛羊，还有一口流利的藏语。栋智早年在工程队干过，我见到他的时候他已经有了第一个儿子——更登加，而现在，14岁的更登加已经成了大人，他在

栋智家的孩子

栋智与妻子卓格草

另一片草原上放牧。栋智在这片草原上定居下来，并非他的心愿。他和我一样，是个极度自由的人。由于天性使然，事情自然而然就发生了。栋智在这片草原上打井的那些年月很是风流，给阿克希道合家打井的时候就看中了希道合的大女儿拉姆。事情发生以后，希道合就将他的女儿拉姆嫁给他传宗接代，而把一个最小的儿子送到寺院去念经。至此栋智就落脚在这片草原上，尽管他曾经有过离开草原的念想，但面对茫茫草原和成群的牛羊及藏獒，那种念想渐渐隐退，从此，这个草原的外乡人死心塌地留在了草原。更登加出生的第五个年头，拉姆被性格暴烈的野马摔死在草原上。后来希道合又把小女儿卓格草嫁给他，一直到更登加懂事，一直到道吉出生，更登加随他阿米①

———————
① 阿米：藏语，爷爷。

去遥远的另一片草原。

　　栋智也是高原汉子，他对草原生活没有经历十分痛苦的适应期。然而念经诵佛之事却很少去做，插箭、晒佛等活动却没有少过他的影子。自小浸染正统儒家思想的他，对另一种信仰的接受却始终做不到身心如一。一边放牧，一边抽空联络早年在工程队上干过的朋友们来草原上打井，他提供住宿，负责语言翻译，然后从中抽取中介费用，这样的想法和做法也只有栋智想得出。赵家他们就是栋智想方设法联系过来的。我跟随而来，是因为两面都是朋友，也为自己的心愿。长期以来，我对草原有着无法表达的爱恋，尽管在草原上生活过不多的一段时日。一切都有充分的理由和借口，然而目的却只有一个：那就是满足自己的好奇和心灵里追求浪荡式的自由。

　　他们把歌声供奉给蓝天，将灵魂寄托给神山（李城 摄）

2

想起来也有七八年时日了。我第一次跟随栋智去他所在的那片草原——阿万仓。

高原冬日的清晨往往有很浓的雾，天空不再那么透亮而高远，干燥寒冷的空气令人时时感到有一种憋闷和压抑——尤其在玛曲，这荒凉而硕大的草原之上。

玛曲是全国唯一以母亲河黄河命名的县。多年以前，我翻阅了关于玛曲的很多资料：玛曲，系藏语"黄河"之意。位于黄河上游，属高山草原区，沃野辽阔，是天然的优良牧场，自古为游牧民族活动的场所，是历史上有名的河曲之地……

黄河从巴颜喀拉山发源，越过苍茫荒原，进入甘、青、川交界的广阔草原，来了个大转弯，在青藏高原东部边缘的甘肃玛曲县境内形成了一个433公里的"九曲黄河第一弯"，阿万仓草原就位于玛曲县南部黄河的臂弯里。阿万仓是著名湿地若尔盖、尕海、曼扎塘湿地的核心区。因水泻不畅而形成很多汊河和沼泽，使这片广袤的草原水草丰茂、牛羊肥壮，是一片原生态的、苍凉而壮丽的草原。

第一次进阿万仓，目睹冬日笼罩下的草原竟是如此的荒蛮凄凉；第一次翻越如此高海拔的大山，突然之间深感人生的仓促和不可预料。缭绕于山间的是绵密奔跑的大雾，似乎要吞噬尘世的一切，把所有的秘密隐藏起来，让仇恨看不见冰冷的刀子，让狼群看不见温柔的小羊，让人看不见生命的色彩。枯黄的草尖上悬挂着肥胖的晨霜，在没有阳光的照耀下，它们的逼迫让枯草低下往昔骄傲的头颅。远处的山显得很平坦，奔跑的雾和它一样高，隐隐移动的羊群和它一样高。没有比它们更高的生命出现，或者，所有生命都不会达到它们的高度。在寂寞空旷的玛曲草原上游牧，我多希望自己是一枚叶片，得以找到深秋的慈爱；也希望是一只孤独的蜜蜂，得以遇见成片灿烂的花朵。因为我知道，当柴火爱上火苗，那注定不是消亡，而是无怨无悔的皈依……

按地图标识越过红旗大队就到阿万仓了，可我们已越过了红旗大队，而阿万仓依旧飘渺不见踪影。车窗外刮起了呼呼的寒风，隔着窗，我似乎感觉到了它的强劲，草原深处的风夹杂着沉积在凹坑里的雪粒，斜射而来，车窗上很快就形成了薄薄一层冰花。路上不见人迹，寒风追赶着羊群，直到冻得僵硬的一条小溪旁边。那些羊群抬起头，深情凝望着苍茫草滩，长长的胡须在风中不停飘荡，在这大漠的天宇之下，像是高原上年老的长者，或是一群土著在咀嚼着最原始的幸福？

阿万仓最近下了场雪，但不太厚。太阳出来了，四周的矮山和草原立刻被涂上了一层昏黄的色彩，露出地面的枯草直直地挺立着。望着那山、那水，还有发尖上带有草屑和靴筒上沾有泥巴的牧人，我仿佛步入另一个世界的开端。

栋智在阿万仓乡有定居点，不过他在这里居住的时日相对较少。我和栋智在阿万仓住了几日，他说起过去的所有事情，神情黯然。没有从他口里听到多少悔言，但是我感觉到了他对现在所拥有的一切持有怀疑。从一个浪子到父亲，这期间所经历的与正在经历的一切悄悄改变着他。而消磨他幻想的，唯有时间。谁能抗拒时间的巨大？当把一切交给时间的时候，也就认同了命运。一个认同命运的人，他的个性也会在这种无法看见的巨大认同里渐次消失。

时间让栋智改变了身份，改变了性格，然而当谈起在工程队的那段岁月时他依然意气风发。栋智的祖籍在南方，流落在高原也是几百年前的事了。我和他从小一起长大，后来他去当兵，复员后一直在工程队打工。我在偏远的乡镇教书育人，他则四处漂泊，见面自然是很少的。知道他落脚于阿万仓，也是偶然的机遇。

黄河几乎穿越了玛曲大大小小的乡镇。虽说临水而居，水却依然缺乏。水，在这个孕育水资源的地方，也开始变得稀缺。玛曲一些地方的牧民守着湿地没水吃，已经开始挖井取水。阿万仓虽据湿地中心，而许多地方缺水也是不争的事实。自古以来，人类的战争无非是土地和水源。长居草原，草山纠纷早已司空见惯。牧民从几十公里背水也不是书本里的夸张。栋智是个十分聪明的人，他联络许多朋友来草原打井，一方面解决了牧民的饮水，另一方面积累了自己的财富。草原上的牧民们都不把他当外乡人看待，因为他的聪明，他在草原牧民心中有着很高的威望。

这片草地的主人，它们在岁月里一定会成为金子的颜色

3

道吉见我们不说话，也觉得无趣，他捡起身边的一本破旧的课本，哗哗翻着。

栋智进入帐房时，天差不多已经黑了。卓格草也来了，她在皮袄上擦了擦手，给我们倒奶茶。外面静悄悄的，风在突然之间停止吼叫，这个时候雪往往还会继续落下来。赵家和他的两个联手拉着脸，不吃不喝，时不时看着我。我看了看栋智，也不知道该说什么。出来已经有半月时间了，一口井都没有打出来。赵家是工头，那两人是他雇来的，每天都要发工资，况且发电机里的汽油和钢管都所剩不多了。跑一趟县城是很不容易的，再加上连日大雪。

栋智说："快半月了吧。"

我点了点头，没有开口。

"应该能打出来的，这里距离黄河不远，地下水应该很丰富。"栋智蛮有把握，他根本没有看见我们的担心和忧虑。

🔖 首曲黄河像一位慈祥的老人，静静等你回来（李城 摄）

　　我说："应该的事情多了去了，就偏偏摊不到我们头上，靠运气吧。"

　　在草原上打井我是头一回见。赵家也是听信了栋智的话，才找联手到这儿来的。我并不靠打井生活，可赵家他们不一样。赵家给我打电话问询过，我的信口开河，加上想象与夸张，使赵家放弃了去其他地方挣钱的念想，义无反顾地来到这里，现在看来是做了一件不该做的事情。看着他们愁眉不展的样子，我的心里有些不安，有些焦急和悔恨。有啥办法呢，很多时候我们都把握不住自己的命运，何况在无情的自然面前。

　　栋智也累了，他打了个哈欠，说，"再坚持几天看吧。"

　　帐房里几个男子横七竖八卧着，忧愁不见了，代之的是如雷般的鼾声。我闭着眼，但没有丝毫睡意。想着如何收拾眼下这尴尬的局面，生出一种前所未有的迷惘。能把握住自己命运的人，定是生活中的智者。栋智，赵家他们，还有我，谁把握住了？这使我想起一个古老的故事：

　　某人被俘，国王向他提了一个问题：女人真正想要的是什么？如果答出来就可以得到自由。那人苦思冥想找不到满意的答案。有人告诉他说，郊外的阴森城堡里住着一个老女巫，据说她无所不知。那人别无选择，只好去找女巫，女巫答应回答他的问题，但条件是，要和他最亲近的朋友加温结婚。女巫丑陋不堪，而加温高大英俊。那人说：不，我不能为了自由强迫我的朋友娶你这样的女人！加温知道这个消息后，对国王说：我愿意娶她，为了我朋友的自由。于是女巫告诉那人问题的答案：女人真正想要的，就是主宰自己的命运。那人自由了。新婚之夜，当加温在众目睽睽之下走进新房后，惊呆了，一个从没见过面的绝世美女躺在他的床上。女巫说：我在一天的时间里，一半是丑陋的女巫，一半是倾城的美女，你想我白天变成美女还是晚上变成美女？加温回答道：既然你说女人真正想要的是主宰自己的命运，那么就由你自己决定吧！女巫终于热泪盈眶，说，我选择白天、夜晚都是美丽的女人，因为你懂得真正尊重我！

故事充满了智慧，同时也告诉了我们一个朴实的真理。人其实都很自私，往往喜欢以自己的喜好去主宰别人的生活，却没有想过别人是不是愿意。而当你尊重别人、理解别人时，得到的往往会更多。我突然想到，当我们身处复杂多变的生活中，为生计奔波，为生存担忧的时候，谁能考虑这些呢？

我，栋智，赵家，都各怀不同的希望和想法来到这片草原上，目的都是为满足自己的私欲，至于尊重和理解从何而谈？或许赵家他们的心里早已把我视为坏人，从意识里早就移出朋友的范畴。那么，我的心灵里对栋智又将如何看待？已经来了这么多天，坚持吧，或许明天就能打出水来，我一直相信天无绝人之路。

4

果然大雪越下越大！这倒霉的天气。赵家哭丧着脸，不停嘀咕。栋智早早就出去了，说是到牧场看看。卓格草给我们倒好奶茶后，也退出了帐房。外面很寂静，几只藏獒不见影子，帐房四周的雪地上满是它们留下的花朵一样的蹄印。

走出帐房，天地迷茫。看着毫无边际的白茫茫的世界，我竟然有说不出来的害怕。分辨不出方向，也看不到牛羊的身影。不敢去稍远的地方逗留，我在帐房四处转了一圈又回来了。赵家百无聊赖，他拿起道吉的那本破败的课本，哗哗翻着。其他两人吸溜吸溜喝着奶茶，不说话。我坐在赵家身旁，用肘轻轻碰了碰他，说，"又下雪了，很大……"

"那就死心塌地坐着，等雪消了再说。"赵家说得语气坚决，但从他的口气中我还是隐约感觉到了他内心的焦虑和埋怨。当初的决定有点儿草率，要不此时安稳地坐在自己暖和的家里，哪有如此担忧。也怪栋智说得好，一口井挣500多块，换了谁不动心？都是贪念引起的，那为何又如此埋怨？看着赵家正襟危坐，我有点儿急躁。

栋智一直没有回来，牧场很安静，卓格草送来奶茶、酥油和糌粑之后，也不见身影，只有道吉算是这个帐房里的主人，几天时间，他慢慢接受了赵家他们，开始说话，而且说得很开心。

第5天下午，天慢慢晴开了。外面很冷，白白的阳光洒在草原上，丝毫感觉不到温暖。毕竟是春天了，雪大片大片开始消融，草原渐渐露出了它的本色——花白、苍茫而辽阔。踩在细软的草地上，迎着风，我想，真的晴了，应该出发了！

栋智回来了，他去更登加那儿了，说那边雪大，羊饿死了好多。栋智心事很重，一回来就斜斜躺着，没有了热情的语言。第二天，我和赵家他们离开了栋智家牧场，去了更遥远的地方。是栋智提前联系好的，所以没有太多的担心。

用完最后一根钢管和最后一滴汽油的时候，我们在草原上已经整整待了26天。打井也是很苦的活，从一个地方到另一个地方，发电机、电焊机和汽油桶要我们自己抬，钢管要我们自己扛。钢管有8厘米粗，一端焊有尖利的头子，并且周身打满眼孔，用锤打到草地深处，如果不见水的话，就需要继续焊接另一根，然后继续打，继续焊接，一直坚持到打进15米，仍不行，继续深进20米。我们把一根根钢管打到草原深处，没有打出水来，打出的只是浑浊的泥团。那些被打入草地深处的钢管是取不出来的，这些损失唯有赵家一人承担，这是多么沮丧的一件事情！当我们对生活寄予无限希望的时候，得到的却是落败，这是怎样的一种感伤呢！

想方设法联系到去县城的车，没有再去栋智的牧场和他告别，拉着那台破旧的发电机和电焊机，我们返回了。来时怀揣着的梦想破灭了。赵家不说话，我也似乎找不到可说的话题，大家都沉默着。草原渐渐明亮起来，远远看去已有绿意，春天真的要来了。我不知道他们的下一站在哪儿。

安静的八角城

离开八角城，
我又一遍一遍想象遥远的草原，
以及草原上遍地的野花，
它们在落日下重新再生的时候，
清晨的阳光会不会带给我热烈的一吻？
或者，
那吻中是否夹带着无尽的痛恨和忧伤？

1

　　厚重的白云，疯长的青草，懒散的羊群，弥漫而起的桑烟，还有风中猎猎作响的经幡，甘南大地，处处会遇到这样的景象。来甘南，你一定会被这些景象的辽阔感动。或许，你对它们的存在毫无感觉，但是，它们却存在着。行走的时候我会把自己的念想托付给它们，一程又一程，走遍千山万水。

　　车子不快也不慢。马莲滩是通向甘加草原的唯一去路。道路看起来平坦，实际上从车子的颠簸程度你就知道，大段大段的路在山梁雨水的冲刷下已经形成了许许多多的凹坑。极目望去，四面环山，一条路通向天际，逶迤如山道上的蛇！

　　天空晴朗，草原辽远。爬过山梁之后，眼前便是一片辽阔。没有山的遮挡，草原更加显得一望无际而大气磅礴了。闪动着的雾气，在阳光下飘忽

着，忽近忽远，天地似乎要融为一体了。当天地浑然为一体的时候，眼睛往往是模糊的，看不见草原上的细节，也无法想象隐藏在那些细节里的战争和友善。一对眸子就那样失去了作用，一颗心也就那样失去了思索。当眼眸和心灵都失去存在的意义时，我才觉得这是活在草原上的真正体会。其实大自然给予我们的恰好是庞大的简约，能在如此境况下有发现和思考的人，那定然就是圣者了。

常常在草原上行走，我并不是忽略了草原的庞大和简约。总觉得密密麻麻的草、成群结伙的羊，以及伺机行动的鼹鼠，它们让硕大的草原终日热闹非凡，没有一刻安宁。看不到简约，只有庞大和繁杂，乃至吵闹。坐在车上，望着一泻千里的草原和遥远的山峰上未曾融化的白雪时，我突然想到了静谧和温暖。城市里，大家提着篮子奔波，拥挤着赶行，争抢着购物，生命的本质和率真的天性不知不觉之中全然化为贪婪、嫉妒，甚至衍生出无法说清和没有缘由

的仇恨。隔着车窗，远远的，我望着那些用简单的石块砌成的小房子，心顿时安静了下来。

广袤的草地上像这样的小房子其实是很多的。春天一到，牧人们便随牛羊风餐露宿，一到冬天，他们便聚在小房子里，看着冬日阳光在高原上行走，数着佛珠静心守护卧在栅栏里的牛羊。日子恬淡、舒心，不乏幸福和实在。这些小房子是安静的，它们不会因为主人的随意离开和突然到来而心生怨恨。

▌这里的一切就是一首牧歌，为安详而歌唱（李城 摄）

甘加乡应该在眼前了！我再次看见了房子，不是草地上的那种，而是一排一排的整齐的房子，一排一排整齐的房子组成了一个完整的村落，还有一条街道和三三两两的行人。

甘加乡位于甘南藏族自治州夏河县北部，平均海拔2950米，全年无霜期88天。这里人烟稀少，没有四通八达的公路。我听车上的一位本地老人说，20世纪80年代的时候，生活用品还要人背马驮去30多公里之外的县城，现在好多了，虽然不是十分方便，但基本不用马队了。

藏传佛教格鲁派六大宗主寺之一的拉卜楞寺就在夏河县城，距离甘加不远。拉卜楞寺藏语全称为"噶丹夏珠达尔吉扎西益苏奇具琅"，意思为具喜讲修兴吉祥右旋寺。简称扎西奇寺，一般称为拉卜楞寺。自1709年创建至今，在中央政府的全力支持下，经历了历代寺主嘉木样活佛和广大僧俗教民的不懈努力，已经成为包括显、密二宗的闻思、续部下、续部上、医学、时论及喜金刚6大学院，108属寺和8大教区的综合性大型寺院。其一在发展中形成了独特的藏传佛教文化，包括建筑、学院、法会、佛教艺术、藏经等，是藏传佛教格鲁派最高佛学学府之一，被世界誉为"世界藏学府"。鼎盛时期，僧侣达到4000余人，自1980年对外开放旅游以来，天南海北的人们都来这里拜佛观光，去有名的桑科草原散散心、踏踏青，却都不知道这里还有甘加草原。大家来甘南草原，除了看寺院，看草原，最值得怀念的就是草原牧民的吃食了：酥油糌粑、藏包、蕨麻米饭、甘加羊肉……这些源自草原的食物留给了来自远方的人们久远的回味。当他们返回到家园，坐在餐桌边的时候，往往会情不自禁地想起这里。我的几个外乡朋友在电话那端经常对我唠叨着，何时再来草原，美美饱餐一回甘加羊肉！

甘加羊肉在甘南乃至全国都是很有名的。甘加羊在严酷的高寒生态环境条件下，对高寒缺氧的特殊环境有良好的适应能力。其毛油汗正常，光泽好，是地毯工业的重要原料；其肉质肥美细嫩，营养丰富，曾被列为2008年奥运会指定绿色产品。而今次我来甘加却不是为了甘加羊肉，也不是为了坐在帐篷里吃一顿糌粑或蕨麻米饭，来甘加是为了甘加有座千年古城——八角城。

2

甘加乡和坐落在其他草原上的定居乡镇没有什么大的区别，无非是几排房子、一条马路，临街是购买日常用品的杂货店等铺面，以及骑着摩托车来回穿梭的青年人、出没于街头的牛羊。这一切会让你立刻把它从都市的乡镇和农区的乡镇分离开来。在这里你很难找到现代社会的发达气息，唯有青草的味道和煨在桑烟里柏枝的清香，它们在天地间缭绕低回。如果你不惮于寂寞，我想，这里的一切应该完全合乎"修行"的标准了。

从车上下来，没有感觉到丝毫疲惫。或许是因为心有所寄望，故而忘却了肉体上的乏困。突然，我想到了贪婪这个词语。是的，人需要有强大的精神支柱，那样，他的心灵世界方可提醒他，要不断前行，不断渴望耀眼的光环笼罩在自己四周，从一缕到一片，甚至整个太阳。贪婪的世界里，人的行

🔹 牛粪让我们在冬天里无比温暖

为不会被那些微小的疲乏所能左右。我的思想里全然已将"贪婪"有关的所有词语的感情色彩偷偷改换。

当地牧民汉语说得很好，从他们口中得知，八角城距离甘加乡还有遥遥七八公里。找不到直接去那儿的车子，看来只有徒步了。

眼前的草原由平坦渐渐模糊成一排群山——它们不动声色，也似乎不随季节的变化而更改着装，远远看去，只是一片青白色。从资料得知，那就是甘加一带有名的白石崖。这里的地形与物象负有盛名，大概是因为人们的心灵所思而致。尤其在甘南，在甘加，在白石崖。

甘加白石崖寺就在这里，藏语全称"甘加智格尔贡桑俄门吉朗"。该寺所在地悬崖高耸，怪石林立，被人附会为胜乐佛宫殿，成为安多地区①比较著

---

① 安多地区：指安多藏区，是青藏高原东部一个重要的藏族文化区，常与卫藏和康巴并列。位于青藏高原东北部，介于青海、甘肃、四川与西藏接壤的高山峡谷地带，它们全部在藏族分布区的边缘地带。

名的佛教修行地。据《安多政教史》载，寺内原有自显的藏文"卍"字、佛像、坛城等。17世纪，高僧噶丹嘉措建禅院，任命塔尔寺热绛巴策丹嘉措为住持。后来建法相学院，因讲闻不佳，由贡唐仓活佛改建为密续学院，继由第二世嘉木样等人任法台。白石崖寺的教权属拉卜楞寺管理，法台由拉卜楞寺派遣僧人担任。

白石崖上还有巨大的天然溶洞，里面生成"十万佛像"、"白现度母像"、"坐禅修行台"。假如抛开这一切，它仅仅是一段山崅，仅仅是天地造化而已。然而，在大家的心灵里，这一切都归为佛祖涅槃所负有的苦行了。这里的一切在无形之中被染上了厚厚的皈依色彩，一代又一代的人类繁衍之中，它的神秘已不亚于"伊甸园"。

八角城就在白石崖脚下，北依白石崖，南临甘加河，千年岁月里就这么静静守护在这片领地，一如既往。

史料记载，八角城藏语称"卡尔昂"，藏文史称"雍仲卡尔"，意为"卍"字城。"卍"字在苯教经典中称"雍仲"，意为永恒，"卡尔"意为城，当地藏族居民都称八角城为"雍仲卡尔"。该城周长2190.4米，城内占地面积为20万平方米。城外有护城河和护城壕，还有外廓，南门之外另有外城。从建筑工艺上看，该城系唐以前所建，建筑形式上突破了方形格局，十分独特。

八角城周围草原广阔，牧草肥美，四周平地、丘陵、土台上无处不有古代弃耕的层层梯田痕迹，昔日这里经济发达，人烟稠密，可见一斑。

由于八角城保存完好、地理位置特殊、城堡形状独特，从而引起许多学者专家的关注，多年来他们众说纷纭，莫衷一是。

李振翼先生在《甘加八角城调查记》中对八角城的建造时期进行了分析推断。首先，从正南北方位的中轴布局来看，该城属秦汉以来古代社会典型的城堡结构风格。其次，城墙夯筑夹棍方式与汉长城遗址相同。更为重要的是，近年来在八角城内采集到的新莽时期货币和城墙夯土下层发现的汉代陶片都将该城的建造时间指向了汉代。1992年，中国社科院考古研究所"丝绸之路河南道考古工作组"对八角城进行调查后，认为该城修筑于南北朝时期。此外，城中居民中还流传着八角城是由北宋时期西夏国所建的说法。因为据说西夏王陵的筑墙术与八角城十分相像，且在城墙中曾出土头部放有羊头的尸体，应为游牧民族习俗。在八角城隔央拉河的西北台地上还发现了三座古代墓冢，相传为西夏王王陵。可惜史料对八角城的记载却是寥寥无几，但大多以为该城与唃厮啰有关。

唃厮啰是吐蕃亚陇觉阿王系的后裔。甘加地区自古以来是羌人游牧之地，历史上这里曾是牛羊满山，一片祥和，但也狼烟四起。11世纪在河湟地区崛起的唃厮啰是继吐蕃之后藏族历史上存在时间最长、统治地域最广、最辉煌的政权领袖。有史可证，八角城是唃厮啰统治时期河湟一带首要城池。河湟地区正是中西交通之"古吐谷浑路"的必经之地，有名的宋云西行就是途经此地而去天竺的。公元四五世纪时，这条商路曾经十分繁荣，后来由于战争的影响而渐趋衰落。西夏占据河西走廊后，对于这条具有国际意义的中西商道大加破坏。他们在途中剽劫贡商、扣留旅人，对商人征收苛税，妄图扼断西域各国同宋王朝的联系。在这种情况下，唃厮啰担负起恢复和保护中西商路的重任，将从西域经河湟入中原的"古吐谷浑路"重新开辟，并在青唐、邈川、临谷等城设立国际贸易市场，还派兵护送各国商队直至宋边境。这样，被西夏扼断的中西陆路交通在唃厮啰统治的河湟地区又畅通无阻了……

这些都已经成为历史，在时间的长河里，所有辉煌都化为云烟。漫长岁月里，这座城池曾经被无数的统治者所主宰，也被无数的统治者所遗弃。住在这儿的人们似乎并不深究被风尘淹没了的遥远的历史，他们只是安然生活，幸福地享受着这里阳光所带来的温暖。八角城和往昔的岁月里一样，不随风动摇，踏踏实实守护着这片领地。这座历经千年的古城在现代文明的冲击下，愈加显得固执而沉稳了。

3

一朵一朵的白云像生了翅膀，渐渐从四面八方消散而去。天很蓝、很净、很深。白石崖像一道无边的屏障，它给予八角城强大而有力的支撑。整个古城被一种寂静和肃穆笼罩着，威严而盛大。

站在与古城相对的山坡上，一座"卍"字形城池就平展地躺在你眼底。四周低矮的城墙把住在城内的人家紧紧拥在怀里。风中念经的嘛呢旗、场院

人心宽了，世界就宽了。人心温和了，生活的春天才会久远

里午睡的大黑狗、贴在墙壁上的牛粪饼，以及缓缓上升的无忧无虑的炊烟，它们一一告诉我，这里是一片安静的领地！你的脚步千万要轻，不要随意惊扰栖息在这里的神灵。是的，这里不但安静，而且很安详，唯有安详的地方，才能够令人顿悟到生命的真实和活着的意义。

我踏入八角城，迎面的大广告牌上醒目的大字是甘加乡八角城村扶贫开发项目的一组数据：

甘加乡八角城村辖五个自然村，205户1186人。显存栏各类牲畜29851头（匹、只），耕地面积1520亩，2010年年底农民人均纯收入3687元。

……至项目开发以来，硬化村道、维护城墙、修建河堤、新建公路和公厕，引进良种羊等，全村人均纯收入达到4240元。

距离牌碑不远处是甘肃省人民政府于1981年定为省级文物保护单位的石碑。听说当地政府要借兴发旅游之机，在八角城四周新建更多设施。这或许能给居住在这里的民众带来更加阳光的日子，八角城也因此注入现代化的气息。但奇怪的是村民们似乎不兴奋，或者根本就不在意。他们依然清贫乐道，在月光下穿过巷道，悄悄打开自己的家门，将平静而淡然的心灵安放于

外界花花绿绿的世界不会轻易腐蚀坚定的信念

石板炕上，过着雷打不动的日子。

我在牌碑前停留了片刻。或许，八角城的辉煌时期将会悄然来临，千年前抑或战乱之时的荒芜之境将会慢慢消失，迎来的将是另一种繁忙热闹，外来人涌入、商贸活跃，足以改变现有生活状态的日子。因为旅游经济发展的规划已经确定，项目正在落实中。不久，这里会挤满四面八方杂沓而来的游客，他们指指点点，说三道四。或许他们会留下卑微的心灵，而带走高原的清洁。也或许他们会留下对这个世界的怨恨和愤慨。总之，以往封闭、平淡、自给自足的农牧生活将会随之消失。

八角城内的居民不多，但却很集中，他们过着半农半牧的日子，房屋不再是帐篷，也不再是像草地上垒起的石块小房。土木结构的平房，飞檐流水，颇有四合院风格，不乏江淮遗风。汉族居住的房屋前或栽有风马旗，或挂着经幡。多少年来，他们就这样相濡以沫，宗教和民俗渐而融为一体，不分你我。

我在城内转过一圈，天色已近午后。天空格外明晰，没有风，也没有嘈杂，只是安静，安静里超然之气缓缓上升，它在我的心灵世界形成了某种日夜渴望的悠然自乐的生活。一条小溪从西流入，绕过迂回的巷道，然后跌入村口的深谷，淙淙远去。远处泛青的草地不动声色，它们正在酝酿热烈而激情的歌唱。

城内南墙处有一洞口，走出去，豁然开朗。一望无际的草原在遥远的地方已和白云接壤起来。护城河里的流水已不再沿城奔走，岸边的青草绿得发亮，它们在河水的滋养下，生长、衰亡、再生。轮回的世界，它们是纯洁而伟大的，它们的高度谁能企及？

他们是一群快乐的小鸟，内心装满清纯和幻想

远离了硝烟，也远离了呐喊和厮杀的古城在寂静里却多出了些许寂寞。城墙上方杂草丛生，枯枝飘摇。高原茫茫草地之上，八角城俨然如喇嘛，就地打坐，淡定如禅。村子里的风马旗和经幡在微风里念着经，穿行其间细致入微地体验那种带给我心灵的震撼，但我却无法说出来，或许幸福本来就无法诉说。堆积在场院里的柴火显得慵懒之极，空的架杆上爬满碧绿的植物，人家院子里富贵花开，猫咪卧在花下，做着青春的梦——这一切多么像一首牧歌。我想着，月亮出来的时候，千年前将军们的侍女会不会衣袂翩然、于灯火通明处吟唱？士兵们是不是卸下盔甲、把盏言欢？于是，我写道：

你能听见青草出芽的声音

风轻轻吹来
你怎么准备下落的姿势

我和你一样
能枕着牧歌入睡
但不能像牧歌那样在八角城飞翔

这里的一切其实就是一首牧歌，一切都为安详歌唱。这样的歌声是最幸福、最感人的。

4

远离昔日战乱的八角城，它更是现代文明社会的桃源之乡。

我走下城头，漫步于城内巷道之中。天边的云彩从远处云集而来，渐渐在中天聚会，太阳隐去了它的身形，怕是要下雨了。高原天气，"东边日出西边雨"很正常。

八角村小学就在眼前，学校不大，两排瓦房看起来有些陈旧，泥皮脱落处黄沙墙基清晰可见。听不见琅琅读书声，也不见学生的影子，只有三两个很小的孩子，他们蹴在草地上抓蚂蚁。校园四处绿草青青，旗台四周却十分干净，鲜艳的五星红旗铺展在空中，发出呼呼的声响。

我在校园里转了一圈，突然有一群灰色的鸽子从门口飞了进来，它们歇息在旗台上，静静注视着周围。我离开，它们又在我的脚步声里扑棱棱飞了起来。之后，又是安静、安详。唯有我的脚步声，很孤独，很不合时宜。

八角城小学是1955年驻扎在此的解放军修建的，是甘南藏区最早建立的小学之一，它曾经培养出无数少数民族人才。现在村子里的孩子们继续在这里学习共和国的历史，在这里学习做人的道理，在这里学习与苦难斗争的方法，他们在风雨中迎难而上，露出阳光色彩的胸膛。

在村口，我特意向一位老人打问学校的情况。他说，学校在这里已经50多年了。几年前，政府要将学生少的学校合并，但群众都希望把这个学校留下来，这毕竟是解放军建设的。老人还说，学校里学生少，部分娃娃送到寺院去念经，留下来的就在这里学文化，学习藏汉两语。老人的话让我突然想起早年在草原教书的情景来。

那是一所建在草原上的学校，同样是藏汉两语，孩子们都很认真，从一笔一画开始，一直到走出学校大门。他们对老师的尊敬是前所未有的，在校园或大街上，遇到老师总是鞠躬问好。可是我已经离开那里好多年了，这么多年来，我时刻会想起那里。那里的一草一木在我的记忆之中却已生根发芽，葳蕤成另一片碧绿而硕大的草原。可这一切毕竟远去了，留在记忆之中的唯有一群孩子们，以及他们认真听我讲课时的一双双渴望的眼睛。甚至于到现在，每每读到孩子们用稚嫩的手笔写出内心的欢悦与苦恼时，我往往被他们的真诚和热爱深深地感动着。他们是一群快乐的小鸟，是一群天真的仙子，他们的内心装满了清纯和幻想，也装满了某种成熟之前的忧郁。我不知道这些回忆和怀念给我的整个一生带来什么样的印象，但他们的的确确已经在我的心灵之中扎下了十分牢固的根。

在八角城村的村口，我同样遇见几个孩子。他们在路边捡石子玩，说着一口临夏话。这里的居民来自四面八方，时间巨大的河流里，他们依然保持各自的语言，但是你根本看不到因为习俗或信仰而相互割据的情形。

八角城是安静的，千年之前的战火里，它岿然不动。阳光温暖的春天来临，它依然静如处子。如此宽厚而豁达的空间里生活着的人们，他们也定然一如既往地继承和拥有这种宽厚，迈向豁达。我相信外界花花绿绿的侵扰不会轻易将坚实的灵魂腐蚀。人心宽了，世界就宽了。人心温和了，生活的春天才会久远，难道不是吗？

落日如盘。甘加草原宛若碧绿巨毯。

八角城在我眼底渐渐模糊起来，可那些贴在土墙上的牛粪饼却像无数威武的士兵，整整齐齐排列着。我知道，世界不会因为我们的意识而改变，也不会随着时间而消失，某一天这里成为人山人海的时候，八角城还会不会如此安静地守护着它的子民？

落日能使人情不自禁地忧伤起来，但我不能拒绝它的到来。离开八角城，我又一遍一遍想象遥远的草原，以及草原上遍地的野花，它们在落日下重新再生的时候，清晨的阳光会不会带给我热烈的一吻？或者，那吻中是否夹带着无尽的痛恨和忧伤？

时光里的尕海湖

几只黑牦牛在湖边，
注视着草原，
注视着深蓝的湖水，
也注视着长久站立在湖边的我。
它们的目光满含温柔，
清亮透彻。

1

啃噬时间的一群黑牦牛，也在啃噬辽广无边的积雪。

空荡的岸边，它的身影就是草原的寂静。

当冬天的大风翻数衰草时，水域辽阔的尕海湖就是一面静默而明亮的镜子。

诗人笔下的尕海湖，充满了奇异而美丽的想象。

其实，抛开想象和传说的神秘，尕海湖就是甘南草原上一汪平静的淡水湖泊。

到甘南来旅游不能不到碌曲，来到碌曲，不能错过尕海湖。尕海湖距碌曲县城49公里，在国道213线400公里处，海拔3480米，是甘南第一大淡水

近水浩荡，远山逶迤。诗意栖居在尕海湖绝不是飘渺的传说

湖，是青藏高原东部的一块重要湿地，它汇集琼木旦曲、翁尼曲、多木旦曲等山丘的流水，最后注入洮河。尕海湖往西南行50多公里，便到玛曲县，往东南行40多公里，便到郎木寺。8月是草原最好的季节，柔风夹杂着湖畔的花香扑面而来，让人顿感心旷神怡。湖边成群飞起的水鸟，吸引了游者的目光。这种水鸟黑羽白腹，秀美的双腿及长长的嘴巴红得鲜艳，它们时而在空中盘桓，时而掠过水面，轻落于草甸，一起一落间，身姿舒展优美。

我在玛曲支教的那段时间，经常路过尕海湖。它静卧在高原上，不言语，也不张扬，像一位纯洁而寂静的仙女，偶尔转转腰身，数不清的随季节迁徙的候鸟们便发出一声声鸣叫，低低飞过湖面，开始了它们大半个春日的匆忙。

甘南的任何事物都似乎带有灵性，在这里你一定要收敛住粗鲁。轻轻的咳嗽声会惊扰仙女的静修，俗世的脚步声亦会惊醒那些看不见的鸟儿们的甜蜜午睡。她们满怀对大地的敬重，深深爱着这片草原，静静孕育新的生命。那些低矮的野花和碎草，也在静静等候时间将它们镀成金子的颜色。直直立于湖水中的水草是仙子的长发，梦在十几万亩水域四周盛开。清纯而安宁，温和而斑斓。

2

没有海岸的尕海湖在每个人的心中呈现出不同的姿态。站在湖边，你会看到或静止或流动的山峰与浮云映在湖面上，这时候，它就不仅仅是一面镜子，而是一幅巨大的水墨画。附近牧场四周悠闲走动的牛羊，它们来到湖面，这时候它就不只是一汪湖泊，而是巨大的、永不歇息的生命运动场。恐惧、渴望，甚至众多不会在你生命现场里出现的想象和奇观也会很突兀地呈现出来。言语无法表达，震撼和惊疑将潜入心灵，生根发芽。看着如此静美的湖面，你也许会将徐志摩先生的诗句偷偷改换而轻声吟哦：

> 软泥上的青荇，
> 油油的在湖底招摇，
> 在尕海的柔波里，
> 我甘心做一条水草……

夏日草原的热闹绝不同于都市，尕海湖也绝不同于一般意义上供人休闲的湖泊。在尕海湖，你看不到林立的太阳伞和潜水的人群。尕海湖是寂静的，它拒绝俗世的嘈杂和繁华，它只拥有无限宽广的绿和一望无际的蓝，拥有千姿百态的野花和自由飞翔、窃窃私语的鸟群。蓝汪汪的龙胆草争相竞艳，紫盈盈的独一味一铺万里。候鸟们飞越千山万水，来到湖边谈情说爱。当你惊扰它们的时候，它们就会迅疾地抓一下水边的草茎，箭一般射向湖面，于温润的空气里高飞低落，似乎向高原盛大的阳光炫耀自由和快乐。

终究要枯败的水草，此刻直立水中，满带深邃的思想

3

沿着紫色穗草摇曳的水域，看到的又似乎是另一个尕海湖。

水蚊子和蓝蜻蜓在湖面上嬉戏喧闹，花朵在草丛中交头接耳，这一切与水边的鸟鸣应和成趣，悠闲而开阔。

牦牛是这片水域的精灵，它们漫步在草地上，或卧在高深不一的草丛里，对尘世的吵闹和勾心斗角不闻不问，它们只是在缓慢安舒的时光下咀嚼着青草，等待着岁月再次将它们卷入风雪弥漫的草原深处。

水岸边的紫穗草浩浩荡荡将双脚伸进湿地深处，清瘦，柔软，谦和而又不失妩媚，像临水照镜的伊人，聆听在水一方的脚步声；又像是顽皮的孩子，在清水中尽情释放天真的童心。

湿地两边是用木板做成的栈道，紫穗草仿佛排排士兵列在两边。走在栈道上，就能看见晃晃悠悠的水波，也能听见草茎在水波里轻微的呼吸声。三两只紫蝴蝶和蓝蜻蜓闪闪烁烁，追逐嬉闹。黑天鹅似梦里飘来的仙子，轻

🔖 青草和花朵，在尕海湖四周盛开

盈、柔缓，神秘而孤独。极目远望，水域、蒿草、紫穗，这些随风而动的事物仿佛凝固在云朵中。此刻，花前月下、十指相扣的伊人就会从遥远的记忆中蹒跚而来，带着露水，带着花香，带着小红马清脆的响铃，在一片蔚蓝里翩跹起舞。谁能守住如此美妙的瞬间，谁就守住了高原盛大的温暖。

顺栈道走到尽头，便有一观景亭，茅草盖顶，像个穿戴蓑衣的钓鱼翁，静坐水湄，独对雪山。要是在冬天，你就会不由自主地想起"独钓寒江雪"的那幅画面来。

登亭而望，近水浩荡，远山逶迤。开阔恣意的水域是候鸟的天堂，它们可以歌，可以爱，生命的激情与秘密在这里轮回着、生长着、成熟着。绿草茵茵，白云胜雪；牦牛游荡，百鸟齐翔。空旷宁静的和谐温存中，纠缠其内心的烦恼和忧愁皆烟消云散。"放牧心灵，诗意栖居。"在尕海湖，这句话绝对不是缥缈的传说。

🔖 湖水把野花推到岸边，把我遣回到神情迷惘的羊群中间

4

尕海湖是一女神的化身，诗人阿信有《幻象：尕海》一诗：

> 午宴——
> 绿度母和她的四个草地公主、豹
> 皮武士、吹箫人、侍者，以及
> 那个奉传唤而来的旧臣（牧奴，
> 抑或是行吟的诗人）
>
> 我闭上眼睛，她们就出现
> 或者，我睁开眼睛，她们
> 也出现——

041

🔖 水域辽阔的尕海湖就是一面静默而明亮的镜子

白色水鸟的红喙，是女神天足
丹蔻涂染的指甲

湖水把野花推到岸边，把香气送远
……把我遣回到神情迷惘的羊群中间

　　传说给诗人带来了开阔的想象，也让众人对那种淡然宁静的生活有了无限的向往。
　　想象是美丽的，万劫不复的欲望来自想象。当我们一如既往地沉浸在美丽的想象与毫无意义的角逐中时，迎来的会是什么？是一把刀子，这把温柔而缓慢的刀子，终究要把我们逼到消亡的绝地。

我喜欢尕海湖的辽阔和明亮。每次来尕海湖边，我就忍不住展开各种各样的联想或想象。

那些白天鹅、大白鹭，它们从江南沿海，从东南亚、尼泊尔、喜马拉雅山麓飞到这里生儿育女，留下了富饶，带走了荒凉。那些不知名的青草和花朵，它们轻轻托起我的躯体，然后缓缓落进我怀里，织就华丽的繁锦……

来到尕海湖，要将内心清空，才能装下它的辽阔。是的，我需要静一静，在明亮的阳光下掏出自己真实的想法——活着，才能有所希望，有希望才能体味出幸福的感觉。这种感觉在俗事缠身的状态下，是不会出现的。静心养性，心性相随，自然就能得到你想要的那种幸福的感觉。红尘万丈，谁拥有这种感觉，谁就是这个世界上最幸福的人。争名夺利，而忽略了本性之善根，迎来名利深处的孽障，则是不幸。"物不得名之功，名不得物之实，名物不实，是以物无物也。"万丈红尘中，做到者几何！

ⴛ

我再次来到尕海湖的时候，恰逢秋天。

甘南的秋天已经冷了。风是唯一守护高原的忠诚的使者。它们收割着时间，将众生万物一步步推到光阴的悬崖边。尕海湖依然静如处子，它以不变应万变，洞察着天地万物一举一动。

站到湖边，望着深蓝如镜的湖水，那种激动的心情禁不住又翻腾而起。

秋风肆意而来，那些即将枯败的水草直立在深深的水里，也似乎带着无尽深邃的思想。见不到成群结伴翩翩飞舞的蝴蝶，唯有无数天鹅从草原深处飞起，飞向湖面更远的地方，等候着来年春暖花开；唯有几只黑牦牛在湖边，注视着草原，注视着深蓝的湖水，也注视着长久站立在湖边的我。它们的目光满含温柔，清亮透彻。

月光下的郎木寺

多少年来我们因为各种各样的追逐而遗忘了它的清澈，
也因为各种各样的杂念而忽略了它的明亮。
奇怪的是，
我们却不断地寻找各种各样的理由，
去拒绝那缕纯净。

1

　　绿绿的草地，透明的阳光，冉冉上升的桑烟，清澈见底的河流，还有静谧的山林和盘旋缭绕的山岚，以及一排排错落有致的踏板房屋，这一切让郎木寺成为世外桃源。我来郎木寺不止三五次了，然而，每次踏上通往郎木寺路途时，心里就有种无法说清的激动和兴奋。时间在这里似乎是缓慢而懒散的，生命在这里仿佛更加具有了色彩和意义。当诵经声从山腰间的寺院里传来时，灵魂仿若超然一切荣辱得失，唯有安详和平静。在这里生息休养，恬静而淡然地度过余生，那该是最幸福的。然而，人总是因为过多的贪念，总是因为谋求幸福，恰好忽略了旅途中那些美丽的约会。

在这里卸下杂念，你会梦见前世的幸福和今生的幸运（李城 摄）

2

郎木寺位于甘南藏族自治州碌曲县南90公里处的郎木寺乡，地处甘川两省边界。郎木寺原名"达仓郎木"，为藏传佛教寺院，也是安多地区闻名遐迩的大寺院之一，创建于公元1748年。

到郎木寺天已经黑了。月出东山之上，整个小镇感觉清明而优雅。郎木寺最近又在修建，街道上泥泞很多。我绕道而行，一家店铺的玻璃窗上写满了红色的英文，那便是有名的"丽莎咖啡屋"。这是一个只有50多平方米的房屋，在这里听不到悦耳悠扬的萨克斯，也看不到大都市咖啡屋的豪华与典雅，不过，它比大都市的咖啡屋更有情调，更有故事。

"丽莎咖啡屋"的女主人丽莎其实是一个没有上过学的临潭人，丈夫是郎木寺乡的常住居民。10多年前他们小两口靠经营酿皮等小吃维持生计。一次偶然的机会，一名外国游客光临小店，想吃点可口的家乡菜，可女主人却做不来，但她灵机一动，迅即提供原料，让游客自己动手，谁也没有想到，这样一次尝试却迎来了女主人小店的春天。这位游客不但给女主人传授了本国菜的做法，而且在女主人的店门口用英文设计了一意为"家的感觉"的标识。后来一位游客帮他们起了店名——"丽莎咖啡屋"。从此这个小吃店声

佛在人间逡巡，当他看到大地上的众生无论困苦与幸福，
却如此坚守的时候，一定会露出笑容

名远播，游客越来越多，并被列入国外许多旅游景点词条当中。咖啡屋的装修十分简单，设施也极为普通，但它的墙壁装饰却十分独特，这个其貌不扬的小木屋的墙壁上汇集了世界上几十种纸币和成千上万名外国游客的留言。我走进咖啡屋的时候，里面没有游客，老板一家围坐在一起，说说笑笑，非常温馨。

我说："今晚不营业吗？"

一个年轻的姑娘说："今晚过节。"

那天恰是中秋农历八月十五，我说："过节就不挣钱了？"

老板娘笑笑："中秋，大家都回家团聚。我们一家也难得聚在一起吃顿饭，今天不做生意了。"

　　中秋节，一个和春节同样重要的传统节日，万家都在团圆，我却是个游子，忽略了亲人的惦念，也遗忘了节令，行于天地之间，唯——颗自私的心完全属于自己。看着他们团圆在一起，心里突然就涌现出一股酸涩来。月亮就在头顶，大得出奇，亮得刺目。这样的日子会给我带来怎样的回忆？每次在赶行的时候我总是这么想象着，当一片雪落在我头顶上，落在我心怀里的时候，我该用怎样的方式去接纳？可惜，距离雪来临的季节还有一段时日，而我过早的想念是因为我的心灵里萌生着对纯洁的追寻。更多的时候，我把雪视为温暖的化身，于是，那片雪就在黄昏来临时从遥远的地方奔跑而来，带着母性的慈祥和安慰，把我单薄的身形紧紧盖住。而此刻，我在郎木寺，在青藏的高处，在月明之夜突然想起亲人，我的心里的确有点孤独了。

距离丽莎咖啡屋不远处是旅朋青年旅馆，这家旅馆创建于2003年，是郎木寺最早由背包客开办的一家旅馆，它或多或少效仿了丽莎咖啡屋的经营方式，墙壁上有留言条，酒柜上摆放着洋酒，菜单上写着英文，江湖儿女不约而同来到这里，都能找到家的感觉。旅朋青年旅馆隔壁是一个江南女子的围巾店。那女子年轻漂亮，不大说话，只是认真地坐在织机前一心一意编织她的围巾。一根一根彩色的线团在她的精心编织下，将会成为一条条温暖的围巾。我一直在猜想，她为红尘里的众生编织温暖的时候，是不是也把自己的寂寞编织进去了？当某年某月某日，你的脖子上多出一条彩色围巾的时候，你会不会想念她？我放弃了买一条彩色围巾的打算，是因为多一条彩色围巾就会多一份思念，多一份思念就会有许多无法遗忘的心痛。

3

街道的尽头便是石条铺就的小路，它十分悠长，清静之极，一直通向黑乎乎的大山脚下。没有灯光，四处踏板房在月光下更是寂静。我沿小路一直走到山顶寺院的门口。经幢立在月夜里，听不到任何声音，一股股桑烟涌向空中，柏枝的清香扑鼻而来，不远的山坡上秋虫低吟之声隐约可闻。我踏着

桑烟带给我们今生
探寻不尽的秘密

那些暗红的坚硬的石头像是在说：众生轮回，苦难不息

月光，感觉像踏着一层薄薄的白雪。这样宁谧而纯净的世界里，还有什么心事不可以放下！寺院的大门紧闭着，没有辽远、低缓的诵经声，看不到众佛慈祥的面容。众佛是不是也趁如此明亮的月光而返回人间？在郎木寺，你处处可以看见贴地而行的老人，他们长年累月出没于佛塔和经轮四周，把自己的心灵交付于虔诚的信仰，用真诚和信念完成生命的涅槃。这样的举念，不能轻易用语言去表述。这一切对于来自外部的旅客和摄影者而言无疑是最有意义的风景，然而却有几个能深入到这个民族的内心？社会在不断变化的同时，人的变化更为惊心，唯有在信仰的坚守上代代传承。佛在人间逡巡，当他看到大地上的众生无论困苦与幸福，却如此坚守的时候，一定会露出笑容。

月亮渐渐离我近了。沿山而下，小路愈加明亮。月光如此清澈，30多年来，我似乎只对今夜的明月情有独钟。

边走边想，我突然看见山下有一处踏板房里亮起了昏黄的灯光。那间小房坐落在一群房屋的最高处，它让我在瞬间想起"闺楼"这个词语来，于是便有一女子坐在铜镜前，或梳妆待嫁，或吟诗填词给意中人。这里是寺院，我的想象有点可怕。也或许是因为接近和符合此时此刻的情景，想象才无孔不入地侵占大脑而肆意横行。佛是不会怪罪一个惯于流浪青年的臆想的。因为月光太白、太纯。因为四处太静、太祥和。因为心无杂念，才会有如此纯洁的想象。

刚刚走出大经堂的僧人

辩经

匆匆赶向经堂（李城 摄）

4

一条小溪贯穿东西，虽宽不足两米，却有个威风的名字：白龙江。小溪的北岸是郎木寺，南岸就属于四川省若尔盖县。属于四川省的格尔底寺院群落和属于甘肃省的郎木寺赛赤寺院群落一衣带水，隔江相望。法鼓之声相鸣，螺号之音相应，使这块充满神秘色彩的地域，始终笼罩着浓浓的宗教氛围。格尔底寺在藏区声名远播，因为寺内供奉着该寺第五世活佛的肉身灵塔，据说这是所有藏传佛教寺院中唯一拥有活佛肉身的寺院，而其他所有藏传佛教寺院供奉在灵塔内的只有佛骨舍利。肉身灵塔供奉在山顶上一座小院里，外表十分平淡，就像一户普通民居的院落。院门口有人顶礼膜拜，院内

🔖 偷偷请教

🔖 寺院拐角处（李城 摄）

也有很多人在转经，一拜一转就是一天。中间大殿里供奉的就是五世活佛的肉身灵塔。五世活佛出生于1681年，1775年圆寂，享年94岁。"文革"期间，其灵体被运到若尔盖县城，被几个信教群众发现后偷埋在县城的达龙沟山上。到1981年再挖出来时皮肉还有弹性，无丝毫损坏，后请回格尔底寺至今。金粉抹面的肉体真身历经200多年的风风雨雨至今仍栩栩如生，令海内外游客叹为观止。人的生命现象，是普天下最为神秘且难以透视的现象，五世活佛的肉身法体让多少追求科学与生命的人敬仰、膜拜。

格尔底寺的入口处旁边，是一座清真寺，大门色彩明艳，高塔重檐绿瓦。清真寺与旁边的佛教经堂距离非常接近，风格迥然，相映成趣。

距离格尔底寺不远的地方是一家旅馆，它的门口用木板栅栏圈着，并且

如此宁谧而纯
净的世界里，
没有你放不下
的心事

在四周挂有红灯笼，招牌立在栅栏边，在咖啡、藏餐、人参果炒蛋之类的文字下面又写上去几行英文，看上去既传统又现代。旅馆的旁边就是白龙江，江水在月光下闪烁着点点光芒。旅馆的门是关着的，有点萧条、冷清。我站在那里，漂泊的感觉再次浮上心头。无意中回头一瞥，才发现了它的真实名字——假周旅馆。加州旅馆？！名字的谐音让我很快想到了美国西部的加州旅馆，以及酒吧、摇滚乐、大麻，还有裸露半身的姑娘和孤独的流浪者。那是一群放荡的中产阶级，他们在加州旅馆里用歌声去理解上流生活，想象着人间欲望和肉体的狂欢。我也似乎听到了那首经久不衰、甚至风靡全球的《加州旅馆》：

　　　　在黑暗荒凉的高速公路上
　　　　冷风吹着我的头发
　　　　浓烈的烤烟味道
　　　　散发在空气中
　　　　抬头向远处眺望

郎木寺小镇上的精品店（李城 摄）　我不会倾慕那些顶端的鲜花，让我轻声吟唱平静而淡然的生活（李城 摄）

我看到一点微弱的灯火

我的头越来越沉重

视线慢慢变得模糊

我必须停下来过夜了

她站在门口那里

我听到了教堂的钟声

我告诉自己

这里可能是天堂也可能是地狱……

　　我不知道来这里住宿的人们有没有把它同加州旅馆联系起来，但我的确在突然之间想到《加州旅馆》。如果真有这种暗合的话，这里的老板一定是个非常聪明的家伙，他巧用谐音联想，让你不由自主地想起流浪和漂泊，想起欲望和温柔。当你住在这里，充满欲望的心灵或许幻化出无穷的快乐与烦闷，这个时候，你是不是也具有"你可以一时结账，却永远无法离开"的情绪呢？

郎木寺接纳着来自世界各地的游客，杂沓而来的人们在这个小小的镇子上往来穿梭，那么他们在追寻着什么？这一切都源自生命的孤独，还是人类有生以来携带的远行意识？我也模糊了方向而多出了茫然。其实，在你的生命中有了一颗星的时候，无论走到哪里，当你抬头的瞬间，它总会在你心头闪亮。我想，那颗星就是他的信念。携带信念远行的你，一定就会找到曾经丢失的最宝贵的东西。

ↄ

踏着月光慢慢往回走，街道两边的店铺似乎没有打烊的意思。

我走进一家店铺的时候看见了记忆中"小锤相传五百年"的招牌。那是好多年前，我初来郎木寺见到的。当时，郎木寺还基本上保留它原有的风貌。古朴的木楼，青石板铺就的小路上，马匹、牧人行走其间，一切都那么和谐而自在。岁月在日出日落里周而复始地轮回，而郎木寺也在日出日落里坚守着岁月的流转。能恪守流年的郎木寺却不能守护住人心的变幻，多年前的往事只能回忆，而不能重现。那年，我信步走过一家藏饰店，店铺门口的炉火映照着一位70多岁老人健康的脸庞。他正在打制着一件又一件的银饰，大大小小的工具摆放在旁边，叮叮当当的声音悦耳动听。店铺的柜台里全是精致的戒指、耳环、项链，都不无例外地镶嵌着珊瑚、玛瑙、绿松石。我不知道那位老银匠是不是本地人，或许他曾是常年在牧场打制奶钩的匠人，小镇声名鹊起的时候来到这里，把他的技艺带到更为宽阔的地方，乃至全世界。老人神态安然，漫不经心而认真负责。他话很少，我带着虔敬的心询问，他只说，世世代代都在这里打银子，做首饰。

今夜我又路过这里，可惜那个店铺已经不在了，取而代之的是一家民族服饰店。店前立着一个不大的木牌，木牌上贴满了字条，上面写有拼车、爬山的信息，也有摄影发烧友们求朋友交流的电话号码。店子几年前的那个格局似乎还在，不过是陈旧的木质柜台已经变成了闪着光泽的铝合金柜台而已。里面没有精致的银饰，却有狼牙、藏刀和绿松石串起来的手链，可它的门口依然挂着"小锤相处五百年"的牌子。我很想上前询问这家店铺的主人和那位老银匠有着怎样的关联，却没找到合适的时机，那人正在专心聊天。

看着那么多人举着相机不住拍摄这面招牌时，我似乎又听到了来自遥远时光里的叮叮当当声，那声音清脆有力，富有节奏，它的每个音符都似乎在敲击着月光下的郎木寺，你说，有穿越时光的声音存在，这里还会寂寞吗？

历史的长河里，500年实在太短。对于一个人的一生而言，500年又是多么遥不可及的事情。那位老银匠大概早把自己敲击成银子的颜色了，然而他留给我们的却是无尽的怀念，留给小镇的却是一段动人的传说。

6

夜渐渐深了，而小镇上的行人依旧络绎不绝。大山在月光的掩映下形如僧帽，金碧辉煌的寺院和错落有致的踏板房在郁郁葱葱的松林苍柏之间，更加幽静而别致。流水漫过枯叶，泛着粼粼波光。山让郎木寺固如金汤，水让郎木寺灵性十足，而寺院让郎木寺慈悲无限。我徜徉在月光下的小镇上，真有点不忍离开。郎木寺成了成千上万游子的精神家园，在这里可以吃上可口的饭菜，卸下杂念，一准就会梦见前世的幸福和今生的幸运。酒吧，咖啡屋，茶楼，这些让人能得到温暖的地方不断传出不同的声音。来自世界各地的流浪者聚集在这里，构成了一个新的世界，这个新的世界在月光下显得格外纯洁而温柔。

岁月在沧桑中愈加沉稳了，
昔日的盗匪们已不见了踪迹。而他们留下的灰烬却让我有
着万千种猜想。

当众神从天堂下来，
看着这片祥和之地，
他们定然会露出灿烂的笑容，
忘记归路。

　　赶行的时候，另一个自己经常会对我说："走吧，勇敢的孩子，前方有神灵等着你，她会让你看见天堂！"于是，我就在茫茫尘世上匆匆而行，翻越一道又一道山梁，蹚过一条又一条河流……

　　遥远的草原铺展在眼前，逶迤起伏的高山像巨大的野兽，那情那景，那刻骨铭心的感动，似乎来自天堂对我的眷顾和召唤。当莫名的泪水浸满我眼眶的时候，我发现，我已经站在扎尕那的脚下——天堂不再遥远。

　　扎尕那像一位面戴薄纱的神秘少女，安静而稳健。千百年来，她坚守着一方领地，毫不动摇，如此大爱浮生是很难参透的！我又一次迷惘了。尽管我已经到了天堂的大门前，尽管我对生命有过全新的反思和重建。

　　扎尕那（藏语）意为"石匣子"，位于甘南迭部县西北34公里处的益哇乡境内，是一座完整的天然"石城"，地形既像一座规模宏大的巨型宫殿，又似天然岩壁构筑的一座完整的古城，俗有"阎王殿"之称。早在1925年，

美国植物学家约瑟夫·洛克就在扎尕那留下了他考察的足迹。

我也曾听说过，在远古时代这里是盗匪出没的地方。岁月在沧桑中划过，昔日的盗匪们已不见了踪迹，而他们留下的灰烬却让我有着万千种猜想。厮杀声、风声，以及大颗大颗泪水滑落的声音，隐约入耳。从黑夜到黑夜路途遥远，穿行的过程快乐也痛苦。更多的时候，他们在舔舐刀尖上的盐粒，经历与恶狼搏击的凶险，于是我在小溪边总是小心翼翼。此刻，望着蓝蓝的天、绿绿的草、清清的水，想着时光岁月的穿越……春去秋来，收割一茬一茬的庄稼，像飞鸟一样自由，像大地一样宽阔，像牧歌一样欢快……然而，这一切早就远去了，在我的视线里，远成了一个个小小的点，而后又散射成巨大无形的草地和山峦。

扎尕那是一座完整的天然"石城"：正北是巍峨恢弘、雄伟壮观的光盖山石峰；东边耸峙壁立的峻峭岩壁，凌空入云，云雾缭绕；南边两座石峰拔地而起，相峙并立而成石门；再南至业日、东哇一带，峭壁矗立，清流跌

宕，流转不息。扎尕那村寨以三面秀峰环绕，苍松翠柏，郁郁葱葱，犹如高峻浑厚、坚不可摧的城墙，把扎尕那四村一寺围在城中。半山坡上的藏族村落、藏式踏板木屋，鳞次栉比，层叠而上，嘛呢经幡迎风飘扬。东哇村和拉桑寺院正好坐落在石城中央。寺院和村寨相对而望，众神和人朝夕相处，那么和谐，那么自然。阳光稠密，僧侣们的诵经声隐约可闻。村寨不显得寂寞，也不单调。踏板木屋在阳光下像饱经沧桑的老人，不紧不慢地享受时间给予的幸福。

城内左上角有一道出城进山的北门，是石山断裂形成的陡坡状石质狭道，南北走向，长百余米，宽仅数尺。石峡两面是垂直挺拔的岩壁，一股溪流悬泻而下，声响如雷。静卧在时间深处的是一座座小小的水磨房，它们不动声色，古朴而又壮观。青翠谷中，蓝天之下，仿佛生命的搏动，动静相宜，安详自如。

　　天真蓝，真干净，真透亮，像一面镜子。我似乎看不见自己了，可我知道，镜子照着我们每一个人和所发生的一切。我不再为看不见自己而担忧和焦虑，也不再感到疲惫。因为，我觉得能在天堂门口徘徊的人，大概距离畅游天堂已经不远了。

　　步入峡谷的时候，也想起那些在时间深处走失的人或事。其实，在扎尕那，在石城，在峡谷，我不是归人，只是过客。我知道带不走这里的一切，也不会留下什么惊天动地的发现。我只是感叹，那感叹也是轻微的，仿佛飞舞于草尖之上的彩蝶。所以，我用生命里最珍贵的时间，感叹着、寻觅着、体味着。这远离尘嚣的安逸里，你不能放声歌唱，也不能低泣哀怨。神灵就在头顶，他闪亮的眼睛时刻关注着我们的虚伪和做作。

　　峡谷深处，江河纵横，神秘莫测；山峰尖利陡峭，千姿百态；蓝蓝的天、皑皑的雪、静静的山、还有日渐遥远的往事，此刻，在我的眼前已经幻

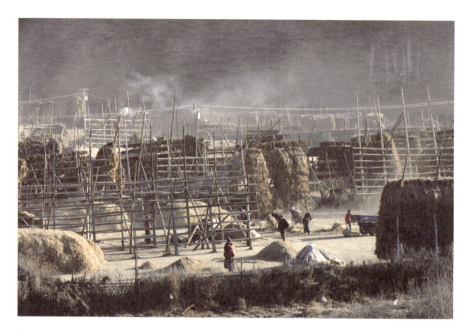

我们靠在架杆上，仰望明月，就会发现梦想其实并不遥远（李城 摄）

化成天堂，幻化成远古时代里的传说——那时候，我们在这里生活，放牧，唱着自己的歌，像小鸟一样自由飞翔。等月亮出来，我们在简陋而朴素的木屋里快乐地过着日子……

浓雾笼着山脚下的东哇村，东哇村处于大陆性气候与季风气候的过渡带上，湿润而不乏温暖。河水清澈，长年不断，四周密林郁葱，河谷婉转绵延。藏式踏板木屋分布在光盖山南麓的半坡上，四周秀峰环绕，密不透风，仿佛一座原始而幽深的古城，闪现着朴素的光辉。

美籍奥地利探险家、植物学家约瑟夫·洛克的行程是严格意义上的科学考察，绝非我这样走马观花。他在扎尕那住了很长时间，在迭部发现了至少10种云杉树，而中国全部云杉也只有17种。曾经在美国《国家地理》杂志发表有关照片和文章，为希尔顿创作《消失的地平线》提供了难得的素材。约瑟夫·洛克在扎尕那采集树种时在日记中曾这样写道：“迭部是如此令人惊叹，如果不把这绝佳的地方拍摄下来，我会感到是一种罪恶。这里的峡谷由千百条重重叠叠的山谷组成，这些横向的山谷像旺藏寺沟、麻牙沟、阿夏沟、多儿沟以及几条需要几天路程的山谷孕育着无人知晓的广袤森林，就像伊甸园一样。我平生从未见过如此绚丽的美丽景色，如果《创世记》的作者看到迭部的美景，就会把亚当和夏娃的诞生地放在这里……它将成为热爱大自然的人们和所有观光者的圣地。"

我想扎尕那会以它的雄奇而跻身于世界最美丽的优胜之景，因为它至刚至柔，至险至秀，至奇至幻，不但符合所有艺术的审美，而且和人类与生俱来的嗜好有着惊人的相似。我很难用语词来描述，所谓大美，又何必用言词来修饰？况且，我想到的不是这些，而是深山里变成一阵风一场雨的兄弟姐妹们。在秋天密林里走失的我的女人，在这十里峡谷，是不是已经渐渐安静下来，皈依了自己的灵魂！

山坡四周是一片片绿油油的麦田，它们也在阳光下精神而慵懒。清风里夹满了许多香甜之味，这里的一切似乎飘逸着原始的气息，也只有这里，才能够保留有这份安逸与淡定。它们静静卧在扎尕那群山周围，享受着神灵的抚摩和注视。我想着，当众神从天堂下来，看着这片祥和之地，他们定然会露出灿烂的笑容，忘记归路。

2009年，扎尕那入选《中国国家地理》评选的中国"十大非著名山峰"。洛克把扎尕那推介到西方后，扎尕那还是那样一如处女般守护着自己的圣洁。当下，扎尕那的旅游开发已箭在弦上。不知道几年过后，当天南海北的游人杂沓而来，这位守身如玉的少女将会以何种姿色展示给人们？

第二章

吉祥让我抱住甘南不放

天空高远——

云朵深处除了佛永恒的微笑

什么也看不见

锦缎的莲花开在众生心间

一朵就打开一扇祈福的门

经声俯在草木深处

一个人的内心就开始辽阔

我们遇见佛

就遇见了心中所有的春天

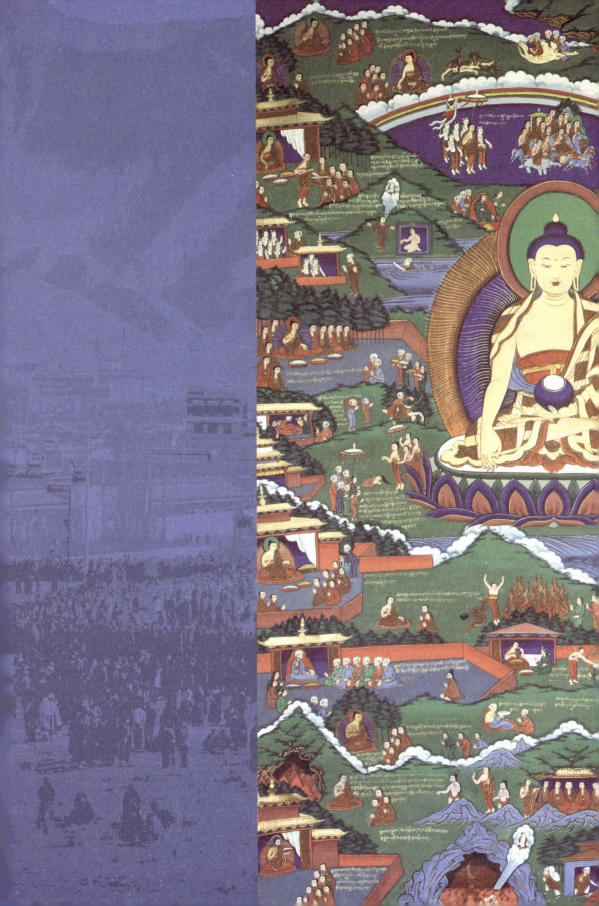

晒佛节

当我们的内心无论何时何地，
时刻高举精神旗帜的时候，
佛也许会悄悄来到尘世，
和我们朝夕相处并肩生活在一起了。

　　甘南的冬天非常寒冷，但路上仍不断有人裹紧皮袄，在风雪弥漫的草原上来回穿梭。当你穿过一道道山梁，踏过一座座牧场，就会看见这里的人们寒冬季节在牧场上数羊羔、牧牛羊、纺毛线、织褐子、打酥油、制奶酪的身影，一切井然有序。一年有半年冷，他们早已适应这种高寒气候。

　　这片土地一头系着传统与潮流，一头系着广漠与褊狭。生活在这里的人们，心灵往往与虔诚相伴。因而，神秘便不可避免地深入到每个人的念想里。神秘来自每个人对信仰的追随，这样的追随常驻在心怀里，伴着他们的一生，永无止境。朋友拉目栋智对此有过这样的见解：其实每个人的心里都住着自己的神灵，在最需要的时候，他就会伸出慈悲的双手，给予你无穷的力量。是的，当我行走在甘南的每一寸土地上的时候，都会看见贴地而行的人们，这绝不是一般意义上的行走，也不是为获取某种需求而做出的姿势。那是一种虔敬的、对自己心灵之神的膜拜，不容诋毁，更不敢嘲笑。

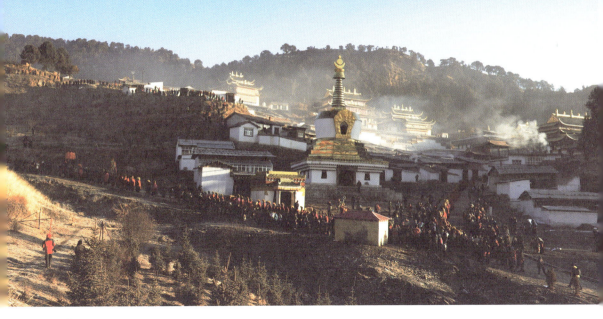

在这里的每一次呼吸，都会和真实的灵魂相遇

拉目栋智对摄影情有独钟，无论何时何地，大大的背包总是扛在肩上。逢年过节，法会现场，总能看见他的影子，他从不同的视角阐释着甘南，用不同的方式热爱着草原。

盛大的晒佛节在每年农历正月十三的夏河拉卜楞寺院举行。正月十二的下午，我们就赶到了拉卜楞。甘南的雪总是纷纷扬扬，不大的夏河县城在大雪的笼罩下显得格外安详。道路上人群依然络绎不绝。他们来自遥远的四川、青海，或者更遥远的地方。寺院周围的转经房更是醒目，挨挨挤挤，接踵而至的信客们神色庄重，他们认真地转过一圈又一圈。经轮带着温暖，发出动听的声响，仿若千万喇嘛低声吟诵经文。雪无法挡住人对清洁的向往和追寻，这样的向往和追寻在风雪里反而愈加干净透亮了。

第二天一早，我们吃过早点就去河南宗王府前南山麓。河南宗王府前南山麓正好在寺院对面，那里有一个宽约12丈，长30丈左右的晒佛台，每年正月十三的清晨，寺里的僧人就会把平常放在佛阁里三世佛的巨型唐卡抬出来晾晒，一年晾晒一尊。

夏河清晨的风比刀子还锋利。长而缓的扎西奇街上，盛装的牧民们微微躬身，安静而行。拉目栋智把他的那些摄影家当塞到我手里，让我体验"发

人们将扎西奇街道围得水泄不通，他们来自不同地区，满怀虔诚（李城 摄）

烧友"的那种感觉。可我的双手早已僵硬，无法替换他递来的专业器材。我恨不得把自己那些沉得要命且冰冷刺骨的三脚架扔到河面上去。

太阳慢慢露出了脸庞，有点羞涩，少了高原特有的本色，而多了娇气和妩媚。有了阳光，内心就有了温暖。茫茫雪地折射起五彩微光，似梦似幻。其实这时节南国早已花红柳绿，而高原依旧沉湎于风雪之中。温暖也只是因为在特殊的境遇里多了一份虔诚和热烈的心态而已。

拉目栋智在夏河工作数年，他见我如此瑟缩，加之晒佛盛会还不到时候，便领我去寺院暖和暖和。

那是一间很大的客房，里面坐满了人。大家都在笑着谈论旧事，都和佛事活动有关。这里应该是僧房，但却不像僧房的样子。后来我才知道，以前

他们身着五彩盛装，在河南宗王府附近的巷道口，等待大佛出现

"护佛队"出行了

抬着巨佛的僧人们被吹着号角的仪仗队包围着，人们跪地迎接，或用额头去碰佛，以求平安

百余僧人肩扛长达50余米的大佛画卷缓步前往晒佛台，场面非常壮观

的确是僧房，由于众多佛事活动需要寺管会和当地政府紧密协作，因而这个小院子的所有僧房都被改成了办事处。在那间房子里，我得到了拉目栋智朋友的厚待，他给我特意找来一个工作证，说是挂在胸前，就可以进入现场中心拍照。我自己知道，背上的那台相机不过是装门面的，有拉目栋智在，也不用我"大显身手"。的确如此，当我返回住地导出相片时，里面的照片几乎没有多少可用的，要么杂乱无章而缺少活力，要么镜像模糊而腿子如林。

从寺院出来的时候阳光已经照到了脚下，各地赶来的僧侣与游客，他们身着五彩盛装，已将河南宗王府附近的巷巷道道围得水泄不通。

大约10点，先是"护佛队"出行了。他们身着彩边藏袍、头戴尖帽从寺院大门骑马而来，然后是庄严的佛号和气壮山河的呼声，紧接着就看见了

🔖 有了心灵的依托，我们才会有精神的追求。有依托
和追求的人生才是有意义的、完满的

🔖 经声跌入草木深处，一个人的内心就开始辽阔

🔖 寒冷无法挡住人们对清洁的向往和追寻，这样
的向往和追寻在风雪里反而愈加干净透亮了

🔖 当我们的内心无论何时何地，时刻高举精神旗帜的
时候，佛就会悄悄来到尘世，和我们朝夕相处并肩
生活在一起了

🔖 我们遇见佛，就遇见了
心中所有的春天

当覆盖在佛像上面的黄色幔帐徐徐揭开时，佛醒了，
成千上万的僧众一片静穆

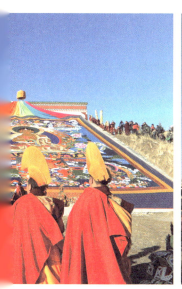

一个有着春天一样明亮灵魂的人，定然会听到佛的声音

▶ 有了阳光，我们的内心就有了温暖

百余僧人肩扛长达50余米的大佛画卷缓步前往晒佛台，场面非常壮观。抬着巨佛的僧人们被吹着低沉号角的仪仗队包围着，人们跪地迎接，更多地推搡着冲到前面，或用额头去碰佛，或伸出手臂努力去摸佛。藏民族有这样的传说，在抬佛过程中，如果用头碰触到佛，或摸到佛，这一年就能实现自己的愿望。一路上，大佛画卷两侧的众多护佛队员不停挥舞着长袖护卫，依然有数百僧众和游客紧紧追随着，争相用额头碰触佛像。佛在人群中的行走是缓慢的，然而时间的消逝却十分急速，转眼间佛像就被扛到晒佛台上。当覆盖在佛像上面的黄色幔帐徐徐揭开时，佛醒了，成千上万的僧众一片静穆。阳光照射在巨大的佛像之上，诵经之声不绝于耳，抛向佛像的哈达遮盖了半边天空。庄严而浩荡的佛号声里，有人热泪满面，有人伏在积雪之中，长跪不起。置身其中，你一定会为被震撼，敬畏之心油然而生。

> 天空高远。云朵深处除了佛永恒的微笑，什么也看不见。
> 锦缎的莲花开在众生心间，一朵就打开一扇祈福的门。
> 经声俯在草木深处，一个人的内心就开始辽阔。
> 我们遇见佛，就遇见了心中所有的春天。

一位诗人观看晒佛而大声吟诵她的诗句。我想，我是深刻地理解了她注入在字里行间的所有感情。一个有着春天一样明亮灵魂的人，定然会听到佛的声音。

大约一个多小时，在响彻山谷的诵经声中，"沐浴"了阳光的佛像被众僧小心翼翼地卷起，然后在众人的簇拥下、由百名僧人肩扛着送回寺院去了。

"人类只要生存，总要为自己树立一个上帝，没有上帝，人便失去了精神依托，丧失了存在的价值和意义。"是的，正是因为有了心灵的依托，我们才会有精神的追求。有依托和追求的人生才是有意义的，才是完满的。当我们的内心无论何时何地，时刻高举精神旗帜的时候，上帝也许会悄悄来到尘世，和我们朝夕相处并肩生活在一起了。

时间已经走过了一年里的半个轮回，我常常忆起肃穆而壮观的晒佛场景，忆起那一刻庄重而热烈的场面：法号长鸣，桑烟四起，人们虔诚长拜，安详祈祷，一直目送大佛回寺。每每忆起，我的眼里总会浸满泪水。

亮宝节

春的绚烂化身于姑娘小伙的胸前、裙边、发丝间，

在甘南草原，

在寂寂山谷，

他们的笑语欢颜把一河冰凌化开。

他们的青春圆润如珍珠，

闪着莹洁的暖光。

亮宝节是一个迎接春天的节日，每年正月十四在甘南碌曲县西仓寺举行。

天麻麻亮，我们一行人从碌曲县城出发，沿洮河水岸前往西仓寺。到底是春天了，河面上冰已开始融解，滔滔水流碰撞着石块，而后形成大大小小的水花，蜿蜒东去。公路上，满是穿着"则加①"，打着口哨，骑着摩托车飞驰而过的年轻人。活泼、浪漫、青春的身影，使小小县城显得别致而温暖。

碌曲，藏语意为洮河。这里曾有12个部落，他们的祖先是吐蕃人。唐朝时期，吐蕃大军从青藏高原一路东进，穿越河西走廊至河州、洮州。这支东征部落远离家乡，散落在青藏高原东部边缘的甘南草原上，远离故国的支援，顽强生存下来，部落之间有争斗，有和解，互被统治，互被征服，后来在民族政策的照耀下，12部落合并小寺，创建西仓新寺，从此人心凝聚，每

---

① 则加：没有缎面的羊皮袄。

一串珊瑚，一串玛瑙，一块烟玉，在暗香残红里重温惊艳一回的流年

年举行的亮宝节就是明证。

亮宝节的由来，我想，起初是各部落为了展示实力和魅力，以怀念遥远的故土家园，追忆往昔尚武的英雄时代，带有乡愁情结。如今，已演变为一种对岁月及大自然的感恩仪式了。

亮宝节有隆重仪式的，在西仓寺僧人主持下，煨桑、诵经、洒净水。当隆达①像雪片一样飞扬时，人们高喊着"啦嘉啰"②，举起五彩织锦的庆贺旌旗，请出村庄里德高望重的"将军"，身披铠甲，胸挂珍宝，气宇轩昂地走出寺院，绕过白塔，在僧人高声祈诵里行进在村庄的路上。同行的人告诉我说，他在赞颂森林、河流和林间梅花鹿，有了神的恩惠，人们才这样生活得安逸。

我忽然明白什么是藏族人认为的宝。他们感恩自然，守护自然的忠诚和虔敬令人敬佩。那些山上的云杉、雪松，山下的桦树、河流，几百年几千年

---

① 隆达：风马，幸运之马，印有骏马图案的纸片，是佛事活动时抛撒的吉祥物。

② 啦嘉啰：神胜利了。

🔶 日子依旧珊瑚一样鲜红，只因纯洁与美好

顶天立地生长着、流淌着、守护着12个部落，更重要的是它们养育着水源，养育着洮河、白龙江，乃至黄河、长江。

什么是宝？一棵树，一朵花，一条河，一只鸟……

一代一代，亮宝节以这种庄严的仪式传承一种理念，从这种感恩的仪式中你可以感受到心灵与自然的亲切。

这支祖先来自青藏的东征军，在丰饶的洮河岸边定居下来，刀耕火种，游牧牛羊。拿什么怀念远逝的故国呢？胸前一串红亮亮的珊瑚陪伴着家族和族人，在颠沛流离中，让他们看到温暖，看到希望。那是青藏高原曾经沧海时馈赠给先人们的珍宝，那是故乡，那是亲人，那是雪域高原的气息，那是一辈一辈人传承的地球上越来越稀少的精魂。那不是财富的炫耀，而是一种呼唤，是一种悲悯情怀。

谁说不是呢，你看，再冷再大的雪也阻挡不住亮宝节上年轻人的身影，穿戴一新的小伙子们三五成群，胸前闪着红亮亮的珊瑚串，长发飘逸，笑脸如花，他们的摩托车停在洮河边。河岸上整排的姑娘们临水照镜，把红珊瑚、绿松石、黄米腊细细地穿在发辫上，有调皮的小伙子相中了哪位姑娘，他会拿一颗珍贵的红珊瑚靠近，问姑娘需不需他帮忙戴珠子。姑娘们招呼他的大多是一捧水花，一片笑声。也有互相中意的，拿了小伙子送的红珊瑚幸福地戴在发间，不一会儿，在一片喝彩声中一对恋人骑着摩托车向梅花鹿出没的林子深处去了。

梦暖，雪生香。亮宝节，谁为谁准备了一颗明亮的心呢！

盛装的少女环珮叮当的腰牌，花氆氇的裙边一走一闪。这歌曲多好：

> 歌声飘过的地方，撒下一路幽香，
> 那是高原的杜鹃，开得像火一样，
> 哦姑娘走过的地方一路鸟语花香，
> 那是春天的使者，我心中的姑娘……

亮宝节后，卓玛腰间的环珮或许会成为一个人梦中的遥远的绝响。等待下一个亮宝节，一双追寻的眼眸仍然会相遇。那时，谁又是谁的依靠？岁月早已模糊了容颜，那串红珊瑚的念想和一段昨日风情只成为一瓣心香，永存心间。

一串珊瑚，一串玛瑙，一块烟玉，在暗香残红里重温惊艳一回的流年。青春已逝，再回首，谁又是谁的宝！

日子依旧珊瑚一样鲜红，只因纯洁与美好，只因青春年少的情怀与简单。

亮宝节，虽然人们戴上了最值钱的珍品，穿上了最漂亮的民族服装，但它不是我们俗人心目中的夸富贵。藏族人亮宝，不戚戚于贫贱，不汲汲于富贵，它是迎接春天到来的一次生命欢舞。春的绚烂化身于姑娘小伙的胸前、裙边、发丝间，在甘南草原，在寂寂山谷，他们的笑语欢颜把一河冰凌化开。他们的青春圆润如珍珠，闪着莹洁的暖光。

亮宝节——人心向着光明，始终对生命满怀憧憬：为大自然，为前面更长的路，为更美的人，为更多的宝，这一切足以使你内心丰盈如春日花开。

走在路上，穿戴盛装的少女孩童都似春花摇曳，甘南草原清冷的风里，相遇那一刹，我迎来满怀芳香。他们才是这寂寂高原真正的宝。

生活这个巨大而无形的"杀手"
在缓慢的光阴下已将大家昔日的狂欢之心掏之一空，
剩下唯有好好学习，
天天向上，
精心打理生命中无法数清的那些密密麻麻的数字了。

　　"浪"字总让人想到青春女子的风情万种和温婉可人。"浪"字还可以让人想起无拘无束、自由飞翔。一想起这个字，内心就怦然萌生出某种激情和兴奋。在我们甘南草原上，就有一个与"浪"字相关的节日——香浪节。

　　香浪节流行于甘南一带，一般在每年的农历六月十五前后，是藏族群众的传统节日，"香浪"是藏语采薪之意。每当草原最美好的时节来临，香浪节就开始了。蓝天透亮，牛肥马壮，洁白的帐房点缀于一碧万顷的草原之上，袅袅炊烟牵动着远游者的梦，跋山涉水，归心似箭。一席草地，三五成群；青稞酒、酥油茶，祝福与欢乐在高原缭绕成无法忘怀的画卷。载歌载舞，自由徜徉。如此盛会里，还有什么放不下的牵牵绊绊！

　　醉一回，舞一回，这大概是香浪节的主题了。

　　三年前的夏天，我们一帮同学相约在香浪节到草原去聚会。同学之间近十年未曾见面，我们那一届同学大多都在学校当老师，聚会一次很不容易。

草原以她慈爱的心怀和独有的魅力接纳着众生

生活这个巨大而无形的"杀手"在缓慢的光阴下已将大家昔日的狂欢之心掏之一空，剩下唯有努力拼搏，精心打理生命中无法数清的那些密密麻麻的数字了。所以，大家都格外兴奋和期盼。

在我们未曾赶到的时候，当周草原已醉了。我们的双脚一踏进这片深情而炽烈的草原，心顿时融入到热浪滚滚的歌舞海洋之中。

穿戴鲜艳民族盛装的男男女女们络绎不绝，从四面八方云集而来，我感觉再次返回到人生的孩提时代。草原以她慈爱的心怀和独有的魅力接纳着众生，众生在辽广而热烈的草原上享受自然给予的厚爱。孩子们在草地上追逐，老人们在阳光下掐着念珠；年轻男子们骑马摔跤，美貌姑娘们诉说内心的秘密；一望无际的格桑花平铺在草原上尽情怒放。

🔖 弦子弹响了每个人心怀深处的激情和向往

阿克班玛耶，
你是展翅翱翔的雄鹰，
你落在悬崖上，
是山峰的荣耀。

弦子弹响了每个人心怀深处的激情和向往。

洗去冬日的寒气，迎来温暖的夏阳，草原上的民族载歌载舞的豪放在香浪节抒发着对温暖的喜爱。

据史料记载，香浪节最早是拉卜楞寺四世嘉木样大师格桑图旦旺秀之时所创。拉卜楞寺初建时，有僧侣百人，因附近施主供者很少，所以布施有限，难以维持僧侣们的生活，特别是燃料问题。为了解决这一问题，僧侣们每年在特定的时间内赴野外山巅或峡谷深处去采薪，这一习俗延至第四世嘉木样·格桑图旦旺秀大师，他进一步明确了"香浪"（采薪）制度，规定每年的三至九月份为"香浪"活动的时间，每次"香浪"之际，各扎仓①的僧侣

---

　　　① 扎仓：藏传佛寺内有严格的习经制度，设有专门研究佛学学科的学院，藏语称为"扎仓"。

🔖 酒香里飞出蝴蝶，扑进花丛，山梁上走来曾经到处游荡的山神（李城 摄）

纷纷携带帐篷、炊具和食品，前往山林峡谷，置身于大自然，去接受一次最质朴、最原始、也最令人难忘的洗礼。久而久之，居住在寺院附近村庄的人们也竞相效仿，把僧人的这项活动当作一个非常好的劳动娱乐风俗，推广并传承了下来，相沿成习。

　　古老传统的香浪节还有节日仪式，如"煨桑"[①]、"插箭"[②]等。节日期间，还要开展一些富于生活情趣和民族特色的娱乐活动，如赛马、赛牦牛、摔跤等。随着牧民群众产业结构的改变和生活水平的不断提高，以及居住点的定居化，加上大众传媒的普及，香浪节逐步被现代娱乐形式所代替。文体表演、商贸交往、旅游、文化等尽揽其中。这无疑给传统意义上的香浪节增添了许多新的内容。如今香浪节已是甘南旅游的重要内容，也是外地游客走访甘南的一个重要原因。

　　盛大的篝火晚会和千人锅庄舞应该是香浪节的高潮。

　　傍晚时分，大家会不约而同走出帐房，在草原腹地，男女老少围成几层大圈，跳起欢乐的锅庄舞，一直持续到深夜。

---

　　① 煨桑：藏族节日的传统仪式活动。详见《插箭节》篇。
　　② 插箭：藏族节日的传统仪式活动。详见《插箭节》篇。

香浪节真的让人心里怀揣无穷的愉悦

当我们的双脚踏进这片深情而炽烈的草原时，心早就融入到热浪滚滚的歌舞海洋之中

众生在辽广而热烈的草原上享受自然给予的厚爱

诗人扎西才让写过香浪节，他说：

山上，神一指点，就长出各种奇异的花朵
河里，晚风鼓荡，会游来各种古怪的生物
它们也发声，也睡眠，也喧嚣
看上去，让人忐忑不安，又心怀感恩

酒香里飞出蝴蝶，扑进花丛
山梁上走来曾经到处游荡的山神
他们也坐着，也说话，也发怒
看上去，让人无可奈何，又心怀担忧

那么多的人，疲倦了，那么多的神，睡着了
就有一头牛，在草地上慢慢地走
却始终走不出它的月下的阴影

我不想喝醉，匆匆赶回来，躺在草原深处
我的女人找到了我，她像个骑手
骑着我到了遥远的天边

香浪节，让人浮想联翩，这家伙写尽了香浪节所有的想象和欢乐，就连最为隐秘部分都不放过。香浪节真的让人心里怀揣无穷的愉悦。"浪"，在香浪节就是一种摆脱束缚的欢愉，纵情而不邪恶，少了妩媚，反而多了狂野和释放。这样的狂野和释放谁敢说不爱？

采花节也是男女青年相互表达爱意的节日。
如果两情相悦，
那么幸福就指日可待。
放纵的生活会让人变得萎靡，
然而放纵的爱情却使人能够感受到生活的美妙和甜蜜。

    少数民族节目的叫法其义自现。晒佛节晒佛，亮宝节亮宝，采花节，一听这个名字，估计你就明白了。其实诱惑我的不仅仅是"采花"这个词语，而是包含在这个词语里你所不知道的那些民情风俗。

    从合作小镇出发，路经洮州花儿的故乡临潭和藏王故里卓尼，到达岷县后，再翻越共和国历史上赫赫有名的腊子口，沿白龙江顺流而下，就到"塞上江南"的舟曲县城了。这一路山清水秀，群峰起伏。山与路穿插着、交错着、扭结着，将生命的全部繁盛呈现出来。一行七八人都被大自然鬼斧神工般的恩赐震慑住，无言无语。

    抵达舟曲县城之后，于匆忙之中安慰了一下饥饿的肠胃，便又向博峪前进。舟曲县有别于甘南其他县市，它地处西秦岭山地，境内山峦重叠，沟壑纵横，是典型的温热带。当玛曲、碌曲（平均海拔4000米左右）等地大雪飞扬时，舟曲早已花红柳绿、莺歌燕舞了。博峪乡在舟曲县城南端，与县城

采花节是属于姑娘们的节日，也是属于欢乐的节日

相距300多公里，和九寨沟相隔一山之遥。我们经过武都的两水镇，翻越海拔3500多米的插岗梁，终于到了博峪。当地人说，没有修通博铁（博峪至铁坝）公路的时候，从舟曲山后一带来博峪，要穿林海翻山梁，在原始森林里看见了"二十四个亮晃晃"①时，才算到达博峪境内。有不少人由于路径不熟而迷失在森林里，除非是经常出没在那里的熟客，一般人是不会走那条路的。当然了，我们谁也没有那种去冒险的胆识。

博峪乡是典型的藏族聚居地，居住在博峪的藏人和文县的汉族，以及四川永和乡的回族之间关系十分紧密，同时又保持着各自的礼俗、语言和生活方式。博峪和其他藏区一样有自己的寺院，寺院里喇嘛不多，他们的宗教传承带有宁玛派遗风，可以娶妻生子，平常在家务农，逢佛事活动才去寺院。

① 二十四个亮晃晃：当地一种俗语，指森林稠密，只有二十四处方可见到天空。

📑 蓝天白云之下，除了头戴花环的姑娘们，还有啥比这更美丽

完全将心灵浸入大自然之中，又何尝不是一种修行呢！博峪山高坡陡，森林茂密，自然风光保存了它固有的风貌，采花节扎根在这里，大概源于上天对这片相对闭塞的小地方有着偏爱吧。

博峪采花节是当地群众的传统节日，每年农历五月初四开始举行。早上天色未明时，身着艳丽服饰的姑娘们便在阿哥的陪同下赶往自己村落的神山上去采撷达玛梅朵（枇杷花）。采花姑娘们要把采撷来的花朵奉送给结婚多年仍然没有子女的家庭，所以，博峪藏人在达玛梅朵上寄托了种族延续的社会学意义。这个风俗习惯从博峪人的祖先那里开始传承，延续了多少年已经没有人能够说得清楚。采花节是属于姑娘们的节日，也是属于欢乐的节日。所以，倘若那一个村子当年有人过世就不能举办采花节了。

采花节的来历在当地有一个美丽而动人的传说。

很久很久以前，从外地来了一位名叫兰芝的汉族姑娘，她心灵手巧、花容月貌，把纺线、织布、绣花缝衣的技术传授给这里的藏族姐妹，而且还抽空上山采集百花给乡亲们治病。有年五月初五，她上山采花时不幸遇上狂风暴雨，坠死于石岩之下。后来，大家为了表达哀思，就上山采花，并以此为节，代代相传。

初五凌晨，我们跟随寨子里的青年男女，一同走进密林深处去采撷正在盛开的达玛梅朵。山上的达玛梅朵开得如火一般热烈，大家钻进密林边采花边对歌，悠扬的歌声缭绕在蔚蓝的天空里，令人陶醉而痴迷。采花节姑娘们

把花采来后编织成漂亮的花环，戴在头上。蓝天白云之下，有啥能比头戴花环的姑娘们更美丽呢？

采花节也是男女青年相互表达爱意的节日。做一回"采花大盗"其实是很简单的。在山林里，年轻的小伙子大大方方地走到自己喜欢的姑娘身边，把采来的花朵插在姑娘的头饰上就可以了。如果两情相悦，那么幸福就指日可待。放纵的生活会让人变得萎靡，然而放纵的爱情却使人能够感受到生活的美妙和甜蜜。

傍晚时分，大家从蜿蜒曲折的林间小径上对着歌儿走下来，头上插着的、手里抱着的全是花。此时，村头迎接的人群像银河中的星星一样多。接花人家接到花朵以后，就把采花的人们迎到自己家中，首先由德高望重的老人煨桑、祈福，祝福接花人家添丁进口。然后，年轻人期待已久的时刻就来临了。采花姑娘们站成圆圈，在接花人的家里开始跳"朵迪舞"[①]。男人们开始喝酒，醉意朦胧中，他们总要多看几眼自己心仪的姑娘。美妙的舞姿，俊俏的面容，艳丽的服饰，让人心旌摇荡，难以平静。

上苍有好生之德，将"塞上江南"之美誉赐予舟曲，将风情万种之采花节赐予博峪，我想，他必将无怨无悔。

---

① 朵迪舞：又称罗罗舞，流传于甘南舟曲县，是当地藏族群众在节日、祭祀、喜庆、民俗活动或闲暇娱乐时跳的原生态舞蹈。

插箭节

在今天的大好时光里，
人们依旧不约而同来到山顶，
这并不是迷信，
实际上大家对英雄的纪念和膜拜从来就没有放弃过。

春天已经到了尾声，而甘南的春天才似乎刚刚开始。一望无际的格桑花开满草原，停留在茂密草丛中的海子荡漾着层层柔光。酥油蘑菇顶破草皮，撑开雪白而粉嫩的小伞。马匹在山坡上自由徜徉，阿妈坐在帐房前欢快地纺线。这个时节，草原上的男子们却忙了起来，他们一边要放牧，一边要筹备很多大型的集体活动。插箭节就是这个时间里最典型的一个。

按地方风俗的不同，插箭节的具体时间也有所变化。甘南的插箭节一般在六七月份。插箭节的来历源远流长——传说很久以前，藏族部落之间互相征战，箭既是原始的武器，又被当作英雄的精神象征。后来，大家就把战死疆场的英雄供奉为神，并把他佩带的箭插在山顶，既表示祭奠，又祈求和平。这项祭祀活动在历史风尘中多次演化，甚至被强行终止过。而在今天的大好时光里，人们依旧不约而同来到山顶，这并不是迷信，实际上大家对英雄的纪念和膜拜从来就没有放弃过。

🔖 众人高声齐喊"啦嘉啰",同时向空中抛撒"隆达",顷刻,
青青草原全部被"隆达"覆盖

　　每逢插箭日,人们总会带上准备好的祭祀供品,骑马挎枪,在神山附
近平缓处安营扎寨,时辰一到,一并前往插箭。插起来的箭丛藏语称"拉卜
则","箭"是用数米长的木杆作箭杆、用彩绘的木片为箭翼,无镞,有刀
状,亦有矛状。一并插成一丛,周围用栅栏围住,外垒石块,上缚经幡,
缀以羊毛、哈达等洁白之物。箭丛多在高山之巅,远远望去,庄严肃穆,恰
似昔日之英雄临风而立,那种威武和神秘是语言无法叙述的。插箭节在时间
长河里逐渐也起了些变化。骑马挎枪,安营扎寨的情况少了,代之以骑摩托
车去插箭。但是"桑子"①不能缺少。首先要"煨桑"②,由僧人诵经、地

---

　　① 桑子:祭奠供品,有酥油、糌粑、清水等清洁之物。

　　② 煨桑:是藏族祭天地诸神的仪式。即在燃烧的松枝上洒上酥油、糌粑,让浓烟缭绕于天空。据说在煨
桑的过程中产生的烟雾不仅使凡人有舒适感,山神也会十分高兴,因而信徒们以此作为祈福的一种形式,希望
神会降福。

087

静静守望太阳神：行走甘南

方长官致祭、献哈达，然后众人高声齐喊"啦嘉啰"！同时向空中抛撒"隆达"，祈求山神保护该地人畜平安、好运连年。这时候你会看见抛撒在空中的"隆达"像雪片一样在阳光中飞舞。之后，大家举着自家的箭，围着桑台由左向右转圈，"啦嘉啰，啦嘉啰"的呼唤声再次在大山之中回荡。

这项集体活动当地汉族也有，时间定在每年农历四五月份。他们把这项活动叫"造山神"，其意义和"插箭"同出一辙。"造山神"时同样要"煨桑"，撒"隆达"，请喇嘛诵经。

小时候不知道"插箭"的意义，成天跟着大人们高呼"啦嘉啰"，并扛着"箭"在山梁上奔走，除了威风，更多的则是一种心灵深处的不可名状的

🔖　天地的辽阔和茫然，使我们幼小的心灵根本无法从孤独中逃离出来

　　兴奋。看着一枝枝长长的神箭层层迭插，高高地耸立于山顶之上，梦里自己总是远古时代的英雄。

　　插箭节作为一个普通的节日，更多地会让我们看见一个民族的心灵生活。那种强悍和坚信来自精神世界对和平的向往，乃至对幸福的追寻。精神世界的充实和强大才是一个民族存在的真正体现。当你亲临插箭节，站在山顶上，看着飞舞的"隆达"悠然自落，听着"啦嘉啰，啦嘉啰"的呼唤声，你就会明白什么叫虔诚，什么叫心有所依。其实无论什么活动，它的存在只能说明人活着是最幸福的。只有幸福地活着，这些活动才能体现出它们存在的意义。难道不是吗？

正是有了黄河的滋润才有这片广袤的草原，
有了草原才养育了著名的宝马——河曲马。
也正是有了河曲宝马，
才有了英雄的传说和赛马大会的传承。

　　到达玛曲草原时已是黄昏，一阵细雨刚刚停息，不大的草原县城像是刚刚洗过澡，浑身湿漉漉的。四周一望无垠的草原显得高远而透明，草尖上的露珠在夕照下发出点点亮光，横跨在赛马场上空的那道彩虹，如一座拱门召唤着甘、青、川等地的骏马。明天就是赛马大会，这里将成为英雄的赛场和骑手的天地。

　　牧草的优质来源于黄河的灌溉。玛曲是藏语黄河的意思，黄河自青海发源后，出昆仑，过莽原，浩浩东注，直奔玛曲，水路九十九道弯，流淌出蜿蜒、含蓄和无限柔情。正是有了黄河的滋润才有这片广袤的草原，有了草原才养育了著名的宝马——河曲马。也正是有了河曲宝马，才有了英雄的传说和赛马大会的传承。

　　黄昏的玛曲草原翻滚着彩色的波浪，你要仔细瞧才会发现，绿的是茂盛的青草，白的是成片的羊群，红的是喇嘛僧侣的袈裟，还有各色各样的格桑

花和身着节日盛装的人群。黄河自遥远的天际迂回而来，那样缓慢、悠闲，仿佛也为迎合节日的心情，而收敛了匆匆步伐。

藏族人民对马有着深厚的感情，河曲马作为全国优良马种，深受黄河第一弯周边各县广大牧民群众的喜爱。赛马在藏区有着深厚的历史渊源和广泛的群众基础，是广大牧民群众最为喜爱的运动项目之一。传说中，格萨尔被流放到玛曲后就是骑着河曲马在赛马会上夺冠称王的，并以玛曲为基地，带领他的30位战将和骁勇的士兵，骑着河曲神马南征北战，取得了辉煌的业绩，谱写了一部人类历史上最恢宏的英雄史诗，成为藏民族和中华民族的骄傲，成为全人类共同的宝贵财富。英雄总是活在人们的心灵里，对英雄的追寻源自于对和平的向往。为纪念英雄格萨尔的拼搏进取精神，玛曲草原上每年都要举行赛马大会。

赛马节的时节定在每年8月中旬，声势浩大，赛马前的法号更是浑厚深沉。桑烟煨起来，五谷和圣水抛撒在松柏枝上，所有虔诚的人们双手合十向

他们是来享受一种有激情的日子，无论输赢（李城 摄）

"隆达"像众神的絮语铺满草地，盖住绿野（李城 摄）

简单平凡的草原生活，让朴素的日子更加有了继续前行的力量（李城 摄）

着阿尼玛卿神山高呼"啦嘉啰"，空谷回响，天地人和。"隆达"飞起来了，它们像草原的花朵，像草尖上的雪片，像众神的絮语铺满草地，盖住绿野。

其实看赛马的人们不仅仅是来看拿到十几万高额奖金的神驹骏马，更多的是一种生活态度，他们是来享受一种有激情的日子，无论输赢。那么多的红绸黄丝带挽系在马头，那么多蓝色白色的哈达披挂在马背，这样的时刻，你才能感受到草原的辽阔和万物的慈悲。

没有任何一种动物像马这样深刻地改变着一个民族的文明进程。马使广大草原的距离缩短，茶马古道上驮来的东西使人们知道和了解了草原以外的新鲜事物，因为有河曲宝马，格萨尔才能所向披靡，统一安多草原。人们都来亲近马匹，表达生活着的喜悦，表达今日的幸福和欢乐。一轮接一轮的呼叫在身边响起，仿佛只有这样才能听到自己的声音，才能让身体里的快乐流淌出来，才能呼唤出远古的英雄情结。赛马这种民间传统文化的存在，就是给人以力量和勇气，给草原新的希望和期盼，聆听蹄声撞击蹄声的回响，让简单平凡的草原生活找到心灵的慰藉，让朴素的日子找到继续前行的力量。

8月的玛曲草原温情宽厚，8月的黄河丰腴而慵懒，这时的姑娘小伙子们相约白云那边。有调皮的姑娘会把自己的红头巾丢在绿草地上，小伙子们快马加鞭，侧身俯地，争拾那方红头巾。这是检验马术功夫的时刻。草原上的姑娘热爱勇敢的骑手，她们采来许多鲜花奖励马背上的英雄，她们会为灵巧的骑手敬上青稞酒，唱起心中的赞歌。歌声飞过山岭，飞进云彩，为整个会场渲染出欢乐和吉祥。

也有身手不凡的骑手在山谷里放马跑一圈，采到各种鲜花编成花环，赠予相爱之人。他们轻盈地奔跑着，敏捷地俯身采撷着花朵，人马一心，配合默契，仿佛蜜蜂和蝴蝶在格桑花上搬运花粉，轻啜蜜汁，青春的味道有着馥郁的芬芳。与心爱的人策马并肩驰骋的时刻，草原长风从耳畔掠过，热烈的青春尽情绽放，年轻的心可以轻狂，可以陶醉，在踏花归去的意境里迷醉，在青丝和着花香的温柔里拨动草原柔软的琴弦。苍凉、悠远。

有人从怀里取出一条条洁白的哈达抛掷在空中，任风飘展。马背上的骑手摇着鞭你追我赶，要以最快的速度接住哈达，不能让哈达落在地上，惊叹和惋惜声此起彼伏。草原啊，在时光飞逝的深处，谁能捡拾一条条一朵朵生活的花朵呢？那是热爱生活的牧人！他们把汗水抛洒在大地，将歌声供奉给蓝天，将灵魂寄托给神山，一路豪情一路高歌。

夜晚，喧嚣静止，灯火把帐篷映成一枚枚散落草原的星星和月亮，青草尖上弥漫的花香被夜风吹远。一阵细雨停息之后，远山的月，将夜的草原放牧在了广大的静谧里。

马儿咀嚼夜草的声音细碎、温暖。帐篷里喜悦的心在灯火与月光下摇曳。

8月，酒歌唱过，马赛过。篝火燃起时，天上星星远了，地上妹妹近了，草原风雨凉了。而染过马蹄的那些花香让人心一热再热。奋马扬鞭的生活还要继续，永不停歇的日子还要在尘世上山一程水一程地赛着跑。

第三章

一片牧场就是一生的记忆

雪让草原更加辽阔

让辽阔无限苍茫

让西倾山以南的那座牧场

在寒夜里独自醒来又沉沉睡去

一只羊就是最为年长的土著

一匹马奔跑出冬日的阳光

一棵草就是一片草原

小小的游鱼就是一片无尽的海域

而我在这里的每一次呼吸

都会和真实的灵魂相遇

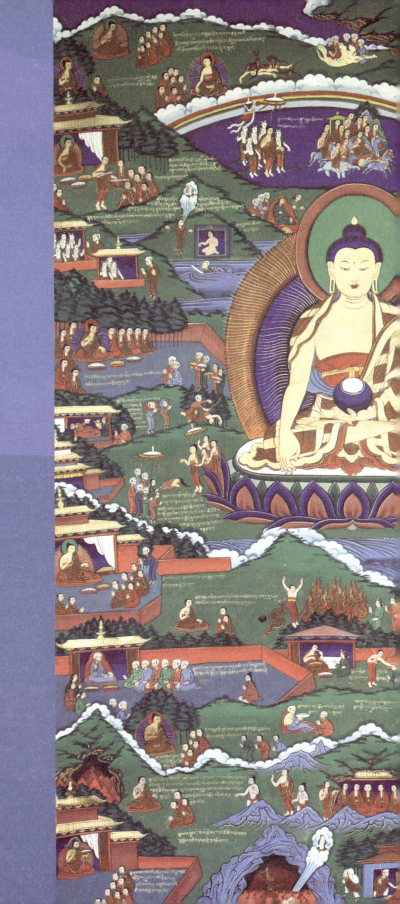

草地漫记

我透过车窗，
看着眼前摇晃的牛羊，
它们从一座牧场正赶往另一座牧场。
灵魂所要去的地方到底是什么样子呢？
我将不得而知。
因为，
我们歇息了，
灵魂还会继续赶行。

1

和朋友约好要去色达——这个并不炎热的夏天，我一直在通钦街口等他。夏季到了末尾，他还没有来。在尘世，许多我们谁都不曾想到的事情时刻发生着，在电话里，他平静而祥和的语气中满带遗憾。我就此放弃了去色达的打算，但没有打消去草原的想法。并不是某种好奇，或者是草原的美丽。家族很早以前都在草原上，所以我放不下草原，只有在草原上，我才能感觉到生命最原始的那种自由和奔放。于是我只身去了遥远的草原，那是8月中旬的一日，天阴沉沉的，太阳躲在云影里不肯出来。茫茫草原上弥漫着烟雾，车子仿佛在另一个星球上行驶。没有草原经历的人，一定会把这些雾霭和烟瘴视为缥缈之仙境。我所到达的地方是若尔盖草原，素有"川西北高原的绿洲"之称的若尔盖草原，是我国三大湿地之一，跨川甘青三省。我一脚

踩着川主寺、松潘古城、九寨沟，另一脚踩着瓦切、红原、马尔康，双手指向川青线上的阿坝、达日、甘德、果洛……

公路在草原上像光芒四射的虹，把大山和茫茫草原阻隔的两地瞬间相连。四川、甘肃、青海的物产在这里相互交换，互惠互利。灰色的云渐渐变成片片绯红，蓝天露出了脸，路边牧人的帐篷和经幡又在眼前绚烂起来。帐篷前竖着售酸奶、虫草、骑马的大招牌，选择以商辅牧已经成了牧民的另一种生活方式。我的朋友久美就在这里。久美是四川阿坝人，他一边放牧一边在草原上开商店，这样的日子已经过了好多年。

和久美见面是很难的，这几年久美无论在牧业或生意上都很顺利，他有了自己的车，来回奔跑更加方便。认识久美的时候，他正值壮年。他们一家不远千里来甘南草原听经。我给他们把拍好的照片寄了过去，收到照片后他给我来电话，言辞里充满了感激。就那样来来往往，我们成了朋友。其间我

久美的阿依

久美一家

去过几回阿坝，可他再也没有来过甘南。我常常想念他们一家，大约是因为某种无法言语的牵念和看不见的真诚。

久美比之前些年壮实了许多。我们坐在一起，他不大说话，但说起"草原人家"住宿点，他的话匣子就打开了。他说这是响应政府发展旅游业的号召，在草原上设点为游客提供方便，既赚钱，也算念嘛呢[1]。草场承包到户了，每年都要严格谋划，根据草场面积和牧草长势留下合理的畜群，其他的全部出栏。幸亏道路通畅，他既为游客提供了方便，也增加了收入的机会。

---

[1] 念嘛呢：是牧民群众每一天必须做的功课和精神生活的一部分。一般牧民随身都带有念珠，一有空闲就数着念珠念嘛呢，为众生祈祷幸福。

久美还说，夏天他几乎不去牧场，就喜欢天天看着公路。看着公路上来来往往的车辆穿梭不停，心里就踏实。路能帮助大家找到香巴拉，也是因为太多的人向往那仙境，所以路上才有那么多灵魂和白骨。

久美重复着又讲起他阿米的故事来。

阿米曾经在茶马古道上做过背夫，提着性命走过千山万水。那时候马帮从四川雅安出发，经飞仙关，走天全，出禁门关，翻二郎山，过泸定，至康定，到西藏，然后把丝绸、布匹、茶叶、盐巴等东西驮回来。立起把家业多不简单呀！

阿爸继续跟马帮穿草地，过雪山。直到有一年，同伴们把阿爸的马赶了回来。马上驮着小镜子、桃木梳子、手电筒、砖茶……唯独没有驮回阿爸。

阿米常说，去了禁门关，小命交由天。阿爸把命就交给那条艰辛的道路了。

听说要修路，无论在哪儿修，阿米总是要捐些钱的。在阿米心中藏着无数马帮和背夫无路可寻、或遇到劫匪时的豪壮勇气和血泪情仇，也装着他们勇走天涯的无穷疾苦。

路上有父辈们的脚印和魂灵……

久美说起他阿米的故事，往往是最动情的，他黝黑而深邃的脸颊上总会挂着泪珠。

正说话间，帐篷外有人大喊："剁脑壳的！"

久美既惊喜又羞涩地笑着出去回了一句："挨千锤的！"

这样称呼彼此，我是第一次听。

我问他们，他们互相望了一眼，呵呵笑着，不给我解释。

"也不给我来个电话。"久美有些嗔怨。

那个大笑的女人说："路这么好，我想来就来了。"

久美已经结婚了。当年他和我一样，只是个青涩少年。想不到短暂的几年光阴，大家都拥有了新的责任。有责任是温暖的，这份温暖和责任或许才是我们执意寻找香巴拉的真正源头。

午后时分，我离开久美的帐房，随他的妻子去了另外一片草原。

久美知道，我不是单纯来看他的。我要去深处的草原，寻找我要寻到的那些事物。

草原晨曦（李城 摄）

2

到了久美那边的牧场，我又见到了阿依①，和那年在甘南见到的情形一样：头发雪白，脸蛋泛红，满带慈祥。我给她拍过好多照片，她一见就认出了我，并用熟练的汉语问我家里的情况。

阿依不大习惯和久美住，一来不太方便，二来久美喜欢东奔西跑，按阿依的说法，久美是不安分放牧的孩子，是她心里的敌人。所以她和久美的妻

① 阿依：藏语，奶奶。

久美说，当看着公路上来来往往的车辆穿梭不停时，他心里就踏实

草原上的小饭馆
（李城 摄）

子住在另一片牧场上，但她没有忘记久美，问长问短的话里全和久美有关。这片草原距离久美的住处不是太远，然而这片草原相对安静点，住牧场的人不多，牛羊也很分散，帐篷更是星星点点。

阿依从一个小帐房里躬着身给我拿来糌粑和酥油，然后坐下来和我说话。

"草原上失去领地狗以后，人的麻烦就多了。"她一边说一边用宽大的袖筒擦了擦眼睛，"你看，这儿一群，那儿一帮，很难分出是谁家的了。"

才发现，东一片西一片草地上的羊身上都涂满了红的、黑的、绿的、蓝的不同颜色，草原看起来像一张五彩缤纷的花毯子。

阿依继续说："整个乱了，羊群不听人的使唤，像天上的星星一样，吃饱也不扎盘。"

我一边吃着酥油糌粑，一边认真听阿依的讲述。

"那时候，草原上狗很多。"阿依取过她的经轮，边摇边说，"狼群轻易不敢进栅栏，就算骚羊，也不敢随便进入别人家羊圈。"

"狗成了草原刑警，狼就会选择新的据点去生存。"我想。

"早晨一打开栅栏，就不用人操心。领地狗在自家草原四周尿一泡尿，

羊啃草啃到那儿就会自动回首。别人家的羊啃到那儿，也会自动调头的。"

"都让那帮土匪给害了。"阿依说到这儿，便深深叹了口气。

"土匪？"草原上现在不会有土匪吧？

"不是吗？狗都让他们给悄悄贩光了。"阿依说。

"他们贩光了狗？"我还是没有明白。

阿依说："挖矿的那帮土匪！草皮被破坏了，山都掏空了，这也就算了，可你说他们不好好挖矿，倒打起狗的主意来了。"

我似乎明白了一些。自从这里发现大量的金矿以后，就驻扎了许多工程队。

阿依说："他们成天在草原上转悠，是防不住的。"

102　　　我算是明白了，同时也想起人们热议的贩狗潮，可人家贩的都是藏獒呀！

"迷药，迷枪，麻袋，他们用尽各种办法。"阿依说到这里便不住地擦眼睛，"草原上出了内贼，要不他们也很难下手的。现在草原乱了，人不如狗呀！"

　　阿依所要说的远远不止这些，也远远不是我所听到的这些。草原很显然已经失去了它最初的清洁和淳厚。当然，社会环境的变化无孔不入，人心在

这样的环境之下，怎么能够保持住最初的那份本真呢？

　　领地狗的领地意识很强，一只狗能看好整个一片草原，人怎么能做到呢？况且，领地狗被贩卖后，失去生存的领地，它的领地意识就会渐渐丧失。这不是绝种是什么？

　　其实大家都没有看到，当草原变成花地毯，领地开始出现混乱的趋势，"战争"就不远了。可惜更多的人只看到利益，不会想那么长远。人只会给自己制造烦恼，烦恼也是因为利益所驱动。这其间的复杂关系怎么能说得清楚？

　　住在阿依坚守的那片草原上，好几天时间里我都开心不起来，心里装满了阿依的那句话："人不如狗呀！"

贡赛尔喀木道湿地：北方大地的阳刚之气与江南水乡的清秀之美融为一体

3

离开久美的另一座帐房，带着阿依做好的酥油糌粑，走着想着，我已经从南边的草地漫游到了空旷的玛曲草原上来。

几间空心砖垒起来的低矮的房子，四周挂着的哈达和经幡的颜色早已脱落，似乎有些年头了。房子左右两侧是用松木板扎起的一排排栅栏，栅栏里圈着牛羊……这方极为简陋的领地就是朋友的冬窝子。夏季他们几乎不来这儿住，只有转场的时候才来，这会儿，他们带上常用的生活器具，要去别的地方。几只牦牛拴在栅栏边上，背上已经驮满了家当。三个脸庞黝黑的男人还在继续捆绑东西，我远远向他们打招呼。藏獒飞奔过来，在距离我不远的地方狂叫着。戴着毡帽的那个男人站起来，大声呵斥着藏獒，"热玛搡，阿措珠部瑞①。"

戴着旧毡帽的那个男人就是我朋友贡巴，他们正在准备转场，高原上夏季来得晚，这会儿他们要到高山牧场去放牧。另外两个是贡巴的朋友——拉毛扎西和阿班，他们在同一个牧场住了好多年，亲如一家。草原辽阔无边，但不允许你单枪匹马漫游。多少年来，他们踏遍雪山和草地，随牛羊东西漂泊，被狼群围堵却是常事。随着草场承包和适度放牧制度的不断深入，牛羊渐渐少了，狼群也不见了影子，草原相比都市，显得十分孤独而寂寞。尽管如此，放牧的时候他们还是不愿分散太远。

贡巴以前是民办教师，由于他阿爸去世的早，牛群发展又快，他不得不离开学校回家帮母亲和妻子放牧。拉毛扎西和阿班就在邻近的牧场，是来帮贡巴转场的。贡巴说，他和妻子要离开贡赛尔喀木道，一直到深秋才回来，冬天再转回冬窝子。"离开贡赛尔喀木道要经过一座海拔4000多米的山口，那里的风非常凶猛，需要朋友帮忙堵截大群牛羊，送过那个风口他们就回来。"

贡巴以前没有说过转场的事情。

"山口的风有多厉害？"我问他。

他憨厚地笑了笑，慢慢给我说。

"4000多米的山口，夏天也冷得令牙齿打架，人骑在马上随时都有刮下来的可能，此时如果没有很多人围追堵截，牲畜就会顺着风跑，不会沿牧道走。牛犊和羊羔要夹在牧群中间，否则就会被刮跑。风来的时候往往会夹带着雷鸣闪电和倾盆大雨，十分吓人。牧群滞步不前，这时候就需要将牛羊聚拢在一块儿，等大风大雨过后再走。转场人太少是不行的。雨特别大的时候，我们只好取下牛背上的帐篷，各抓一角，遮掩在头顶上，要蹲下身子，不然会被大风带着飞起来。一旦飞起来乱石堆就成了墓地，不用举行啥仪式，全尸都保不住。"

贡巴讲得绘声绘色，我听着心里发毛。

贡巴看了看我，微微笑了下，继续给我说夏季转场必须经历的一切。

"身子紧贴草皮或石头，钻心彻骨地冰凉。高海拔感冒了可不是闹着玩

---

① 热玛搩，阿措珠部瑞：藏语，意为赶紧回去，我们是朋友。

的，肺气肿、咳嗽吐血、血压突增、呼吸不畅，随时都会要人命的。"

贡巴给我讲他们的经历的时候，拉毛扎西和阿班也放下了手头的活，和我们并排坐下来，争先恐后说着。

他们讲得热闹轻松，像在讲别人的事情，从他们身上你看不到有丝毫恐惧感。数百年来，他们在高原上生存，每年都经历这种过程，不逃离，也没有选择新的高地，坦然地面对这一切，这种对生活的乐观和豁达你不敬畏？或者，没有任何感触？

贡巴接着说："那些小碎石被风刮着到处乱跑，互相碰撞，发出嘎啦嘎啦的声音。那次我们看见了一只长得跟石头一样颜色的老鹰，展开巨大的翅膀，迎风而立。刚开始以为它受伤了，要不然它不会在如此大的风雨中驻足。牧民视鹰为神明，我们想帮它看看是翅膀受伤了还是腿受伤了。靠近它的时候，才发现它的羽翼下是一对乌亮乌亮的小眼睛。小鹰在石头上冻得瑟瑟发抖，要是没有那双大翅膀它们早就让风刮跑了。我们用帐篷替老鹰遮挡一会儿风雨，可是老鹰受到惊吓，不住鸣叫，并用翅膀严严实实护住两只幼

🔶 寂寞深处的阿万仓（李城 摄）

子。经过努力我们还是把老鹰一家遮掩在帐篷下，直到风雨停歇。鹰的眼睛里布满了柔情和慈悲，那情形能把血性男儿的心融化成春水。"

贡巴接着又说："可能是老鹰正带着孩子们练习飞翔呢，没想到风雨突然来袭。"

拉毛扎西说："时候不早了，我们上路吧。佛祖保佑，但愿今天山口的风睡着了。"

贡巴和阿班附和着说："嗷赖①，大风睡着了！"

草原上的牧人、牛羊、马匹、格桑花、雄鹰、石头，它们都被大风一一吹过，它们与风一样都是自然之子，都在高原上领受苦难和寒冷的馈赠，但却更懂得彼此的关爱和帮助，懂得慈悲和爱的力量。可是，大多数未曾经历强风吹袭的人却看不到这点，内心被俗世私欲和占有的贪念蒙蔽，也必然经不起风暴和挫折。

夏季山口的风雨虽然奇冷无比，但我听到或看到的却是蕴藏着无限暖意的草原。大多数人一提起草原，心怀里全是蓝天碧草的浪漫和天马行空的自由。其实，草原潜藏着的更多的则是艰辛与酸楚。能够懂得、且坚强活着的人一定是幸福的，他对生活肯定有着更为深邃的理解，对生命肯定有着你意想不到的感悟。也只有那样，生活回馈于他的才是真实的纯粹和洁净，生命给予他的才有真诚和感动。

我问贡巴："草原生活这样艰辛，还想回去当老师吗？"

他说："草原上的家人和牛羊更需要一个男子汉，把辛苦全交给女人，不是草原男人的本色。"

一个不懂得生命意义的人断然说不出这样坚定的话。

目送着转场的朋友和牛羊，我坐在车上喃喃祷告，"今天天气这么好，不会有风！"

---

① 嗷赖：藏语，表示肯定的语气，相当于"是"。

4

我决定要去玛曲县阿万仓政府以南的贡赛尔喀木道湿地。贡巴虽然转场了，但我还是执意想去那儿走走。因为对草原的爱恋和难以名状的向往，也因为那份源自久远年代里对家族生活状态的探寻。

夏季的贡赛尔喀木道①风景优美，河流回环；湿地与湖泊辉映，雪山与黄河并存；北方大地的阳刚之气与江南水乡的清秀之美融为一体，是探险家、摄影家、文学家的理想之地。也是因为它具备了北方和南方刚柔相济的特点，所以，贡赛尔喀木道也就成了玛曲县旅游业开发的重点项目。

阿万仓乡在草原的正北，它兼备城市和牧区共有的特征。茫茫草原上是两排三层平顶，四周是密密麻麻的瓦房。饭店、书店、蔬菜店、裁缝店，银匠铺、铁匠铺、修理铺、百货铺，汽车、摩托、马匹、流浪狗，还有卧在阳光下看守家园的藏獒同聚于此和谐相处。牧人的房子挨挨挤挤掩映在草丛之中，一群牦牛在附近的草滩上徜徉，羊群在更远的地方扎盘……这里有来自四面八方的生意人，当地牧民大多也是一边经商一边放牧。千年岁月让房屋与人和自然有了农耕式或田园般的默契，安恬闲适，不争不闹。

不远处就是寺院，长长的经房四周转经的大多是老人，他们缓慢悠闲，脚步和心灵合二为一。是年老了，再没有精力与风雪和狼群拼搏？一边转经，一边祈愿，是完成涅槃还是自我救赎？

我在这里遇见了一位提着兔笼子转经的老人，野兔是他用来放生的，然而他的放生背后却有着一段令人惊心的故事。我随老人一起转经，边转边聊，听他缓慢地讲述。

只记得那年我刚高中毕业，就遇上了知青上山下乡。那时候"到农村去、到边疆去、到祖国最需要的地方去"是最响亮的口号。我带着政府给上山下乡知青准备的三样东西：一个印有"广阔天地、大有作为"的黄色帆布挎包、一顶草帽和几本书，来到了阿万仓草原传授羊群育种。来到阿万仓，我们就被暂时安排在牧民家里，跟着他们放牧牛羊。阿万仓方圆几十里都是草滩，密密匝匝连绵不绝，这种空旷和寂寥使年轻的我陷入空前的忧伤和烦

---

① 贡赛尔喀木道：藏语，意为贡曲、赛尔曲、道吉曲三条河流与黄河汇流之地。

闷中，生活更是清苦。

入冬前我跟着牧民收割牧草，在打草过程中发现有野兔子。原来那片草滩上生活着成千上万只野兔，它们世世代代在草场附近养育儿女，繁衍生息。

有一天，我发现一只野兔蹲在草堆前，喊了一声，那兔子吓得钻进了护草垛的网眼绳里，被我活捉了。可是当地牧民是不允许杀生的，于是我就拿着兔子到另外的知青点上，烧着吃了。当时就着高兴劲把兔子怎么钻网子里的过程向大家炫耀了一番。可是没有想到，从此知青们都开始编织网罩，大肆捕捉野兔。

刚开始七八个人带着大网，一头撑上一根木棍，把网支起来，只要兔子轻轻一碰网就会跌倒，专门有一个人藏在网边的草丛里，其他人从远处拿着木棒一边大声吆喝，一边慢慢前行，兔子都惊动出来，一个个钻入网中。

秋阳迷蒙的旷野里，知青们的欢呼声，吼叫声，嬉闹声飘过阿万仓空茫而静谧的上空，直到暮色时分，知青们带着捕获的猎物才回到原地。

有一天，一位老阿妈对我说，你们这样造孽，山神会不高兴。草原上的老鹰和狼会疯起来，你们是没有来世的人……

那年月连肚子都吃不饱，谁还怕山神怪罪。

知青们在草原上捕兔的行为愈演愈烈，每天不只是三五张网，而是十几张，甚至更多。当我看见那些灰色的、黑色的、白色的野兔，一个个嘴角流红，耷拉着脑袋被堆放在草地上的时候，我一下就晕倒了（多年以后，我才知道我患有严重的晕血症）。那次我发了三天高烧，那位老阿妈说，捕兔子是我带的头，我的罪孽最大，要我转经念佛，才能赎罪。

我在低矮的土屋里，在昏暗在油灯下，想着堆成山的兔子尸体，心里十分害怕。于是，我就把沾满兔子血迹的那些网偷偷塞在火塘里，烧成了灰烬。

第二年春天伊始，天空里盘旋着的雄鹰开始叼食公社的小羊羔，有人为了护羊羔被老鹰抓伤的消息也不断传来，草原上狼也成群结队出现了……

我的心再一次被揪疼。好长一段时间里，我的梦中满是老鹰们饥饿的哀叫和狼群的长嗥。一直到两年过后，这片草原上的老鹰和狼群才逐渐消失。

返城之后的那些年月，我虽然在物质上获得了丰厚的补偿。可是每个漫长的夜晚里，我总是梦到野兔、老鹰、狼群，还有那位白发苍苍的老阿妈……

我们歇息了，灵魂还会继续赶行

　　无法拒绝那样的梦，也无法从当年捕食野兔惨烈的场景中走出来。我的大半青春留在了阿万仓，留在了贡赛尔喀木道湿地，永远无法遗忘在阿万仓的那些岁月。坐了几天车，我从郑州只身来到阿万仓，之后就一直养育野兔，养大后就把它们放进草滩深处。可草地上的兔子还是很稀少，根本谈不上繁盛。十几年过去了，那些劫后余生的野兔还似乎心有余悸，它们在草地上很少露面，一旦出窝，也是疾如闪电，快如幻影。

　　我们是没有来世的人，老阿妈当时就说过。一个人没有权力随便迫害与你同样活着的生命。牧民们信奉不杀生，不欺侮，不贪痴，保持世间安稳净乐。而我们虽是读书人，却做不到敬畏生命保护弱小。

　　老人说着，神情就激动起来。我看着笼子里的小兔子，那明亮机灵的眼睛充满了好奇。它不晓得生离死别，不知道被追捕的恐惧，见了行人也不躲避。或许，当年大围捕之前的野兔也是这样吧。

为了平缓老人感伤情绪，我不住劝慰他。其实在那战天斗地的年月里，谁又懂得生态平衡，谁又理解老阿妈的慈悲呢？

我想，其实转不转经无所谓了，他的灵魂已经得到了圆满。

ʃ

穿过贡赛尔喀木道湿地，继续向南，就是青海久治县康赛尔乡。

"当桑烟和太阳一道升腾而起时，我在这里等你。"几年前朋友索南这样说。其实，我已经距他所说的地方不远了。

必须到那里走一走。这种想法由来已久，因为一种信念，因为活着的困惑和感恩。但是，此次估计又难成行。因为贡巴不在，我在这片广袤无垠的草原时常会失去方向，而且接连几天的大雨也是我放弃的一个原因。

贡巴去了高山牧场，我只好住在他朋友拉毛扎西的帐房里。拉毛扎西

当桑烟和太阳一道升腾而起时，我在这里等你

和贡巴一样，也是个古道热肠的人，他天天问我去哪里？还需要什么？去哪儿？需要什么？我一直没好意思开口。

多年前，我随着拉围栏的几个朋友漫游在这片草原上，其间遇到连日阴雨，差点送了小命。是索南和他的妻子给我们送了半袋糌粑，并且把一顶小帐房借用给我们，我们才活了下来。后来，大家一直想去感谢他，可是谁也不知道他具体在什么地方。这片草原辽阔无边，而且索南他们也是终年在草原上漫游。但我一直记着当年他说过的话。已经踏进了这片草原，我应该去找找他。尽管我心里知道，那样的寻找毫无前途，但于我而言，却意义重大。我几次试图把想法说给拉毛扎西听，而终究没能说出口。看着他日夜操劳，一躺下就鼾声如雷，怎么好再给他添麻烦。

那是我在贡赛尔喀木道的第八天。

天气终于有所好转，然而太阳还是不见影子。微风徐来，扑打在脸面上的除了冰凉，剩下全是湿漉漉的潮气。拉毛扎西要去久治县一趟，到那边去购置些东西，我喜出望外，真是托菩萨的福，祈愿能够遇到索南。带着渺茫的希望，我随着拉毛扎西，天还没有亮开就上路了。

已经走了一阵了，离贡塞尔喀木道湿地越来越远，两匹马也明显迟缓下来，不住打着响鼻。

"稍微歇一歇吧。"拉毛扎西说着就停下来，他卸下了马鞍子，让马在身边的草地上吃草。这时候，南边的天空泛起了朵朵白云，大地透亮了许多。

躺在潮湿的草地上大约半个小时，隐隐约约，我听到了呜呜呜响的海螺声。

拉毛扎西忽地站起来，说："远处是天葬台，我们走吧，路还很远……"

应该是在远古时代，过着狩猎生活的人类祖先都弃尸于荒野，那种原始的做法接近了灵魂的本真，使灵魂得到最彻底的回归。野兽和飞禽让灵魂深藏大地，或飞腾天宇，找不到任何踪迹。然而，这涅槃背后是否存在着最原始的阵痛？我想到这里，不由自主用双脚在马肚上磕了一下，紧紧跟随着拉毛扎西。

草原依然无边无际，凉风习习，异样的味道随风而来。天上飘浮着桑烟和秃鹫的行影，空气中弥漫着糌粑、茶叶和酥油的味道，远处隐约传来喇嘛的诵经声。

路在感觉中越来越远了，天色由亮变暗，一层又一层向我们围拥而来。沿途我一直留意放牧的人家，始终未能见到索南熟悉的身影。

拉毛扎西问我，你听到经幡的响动声了吗？它的响动即是灵魂的召唤。我没有听到，是因为我还在路上，心无法沉静。风渐渐大了，夜色中夹杂着令人不寒而栗的恐惧。

和拉毛扎西赶到久治县的时候，天色已很晚了。在一家小旅馆里，我们和衣而眠。可我怎么也睡不着，纠缠我的是不是天葬路上对灵魂的膜拜？尘世安静了，可人心却偏偏不能安静下来。从一个地方到另一个地方，风餐露宿，我们都要经历应该经历的一切，永不歇息。

拉毛扎西购置好了他所需要的一切，而我在久治不大的县城里转了一圈，第二天，仍没有见到索南，也没有遇到曾经熟悉的面孔。若有所失，此行未能如愿。就那样，我们又一同返回到贡赛尔喀木道湿地。心里尽管有着许多纠缠，但不得不用最快的方式去终结这次漫游。此番草原之行，虽有遗憾，但终是一段贴近的体验和感悟，而短暂的漫游又怎能破解祖先们栖居这里的生命密码？

离开阿万仓，翻过几座山梁，过了河曲马场，就看见玛曲县城了。那座以母亲河①为名的县城在草原之上正诞生着新的生命和英雄。我透过车窗，看着路边扭动的牛羊，它们从一座牧场正赶往另一座牧场。灵魂所要去的地方到底是什么样子呢？我将不得而知。因为，我们歇息了，灵魂还会继续赶行。

---

① 玛曲：藏语，意为黄河。

山顶的寺院

一个人活着，
需要做的事情太多，
尽管我知道思想的清洁很重要，
可处于生活之中，
却很难做到洁身自好。

地方不大，也不小，一直让人挂念着。那里苏鲁花朵娇艳，小河清澈，经幡在风中翻动。我所行之处大多是经幡飘动的地方，因为我是藏人，尽管我的血统有点混杂。每到一处，我都会许下美好的心愿。阿妈说，闲时多转转经轮，才有权利祈祷自己和亲人。在路上，我经常能听到她的这句话，所以才敢放开脚步。

五年前我只身去过那里。绕蛇形小道，步行三个多小时就到了。我去那里，因为山顶那座寺院。寺院隐藏在山顶一平地处，神秘、安静，四周长满苏鲁花朵，蓝汪汪一片，它们在阳光下显得精神十足，毫无慵懒之气。寺院不大，但错落有致，红墙金瓦安详。这是一座尼姑寺院，和别处不同的是这里的尼姑们也身着红袈裟。广大的尘世里，她们穿行于清静和忘却中，似乎看不到红尘世界的存在。寺院周围有不多的几排经桶，廊檐之下挂满了经幡，山顶有风，风很小，它们发出啪啦啪啦的声响，然后在一圈一圈的转

动里完成自己的使命。寺院右边有个圆形的小门，走进去，便看见一小排小屋，里面摆放着日常生活用品，想必是寺管会以寺养寺而开的小卖部了。小屋的后面是条河，叫不上名字，河水很白净，弯弯曲曲直向山底。

　　蓝天，白云，红墙，金瓦，花朵，流水，一切自然而平静。转身或前行，你都有可能会碰到另一个自己，都有可能遇到前世的亲人和仇敌，那么，你就应该好好活着，给自己和亲人留一个美好的形象。一个人活着，需要做的事情太多，尽管我知道思想的清洁很重要，可处于生活之中，却很难做到洁身自好。所以，一些烦恼会乘虚而入，它进入我们体内，进入灵魂深处，致使更多的烦恼、虚伪，乃至痛苦滋生蔓延。

　　尼姑们出来了，她们做完了日课，开始忙自己的事情。世界就这么小！她们用惊慌的目光打量着我，这是用心灵试探另一个世界，还是因为一个头发凌乱的外来青年带给她们恐惧或不宁？在尘世这么多年，我渐渐丧失了自

一个散发的青年肯定会带给她们恐惧或不宁（李城 摄）

己的语言，现在已经听不懂她们的话语。她们很快消失在寺院拐角处。世界存在的意义真是一个人？

寺院的经堂也不大，不大的经堂门是敞开着的，里面端坐无数女菩萨。酥油灯昏暗，但那些菩萨白皙慈祥的面容清晰可见。我在门槛上放了几元钱（大概已是习惯了，留下香火钱，以便自己在路上顺风），人就这样，总是计较患得

把这些最美丽的事物带进生活，然后盛放三千世界里的安详与和谐

▮ 阿妈说，闲时多转转经轮，才有权力祈祷自己和亲人

患失，而从不积德留福。在生活中做到豁达、平静而淡然才是最本真的，但这同样需要修炼，这个过程真的很漫长吗？我只身而来，又只身离开。

　　许多年过去了，我一直思念着山顶上的那座寺院，苏鲁花朵开了吗？经幡还在飘荡吗？小河依然清澈？那小小经堂敞开的窗户又将看见了什么？如果我的所行还能抵达的话，我就一定去在小河边照看下自己的形象，一生不能两次错过看看自己形象的机会。但是我不知道，山顶上的那座寺院现在是什么样子，菩萨会不会也因为寂寞而提前从天窗里探出头，向那些苏鲁花朵们诉说心事。

深秋的桑科草原

桑科草原对我的诱惑真的不亚于拉卜楞。
因为在一望无垠的草原上可以放牧心灵，
可以浅斟低吟，可以敞开胸襟接纳青草、白云。

酒是青稞酿制，喝一杯，就涌起一股热流；
奶是醇厚的酸奶，加一层白糖，味美可口；
再加羊肉，大块大块的，就一个字——香。

　　甘南的夏河县之所以让世人念念不忘，乃至刻骨铭心，大概是因为闻名中外、规模宏大的拉卜楞寺和甘南藏族自治州主要畜牧业基地之一的桑科草原。

　　桑科草原距夏河县城拉卜楞寺西南10公里，草原面积达70平方公里，平均海拔在3000米以上。这里人口少面积大，草原辽阔无际，是一处极为宝贵的自然旅游景区。中午时分，当我们的车在桑科草原的藏包前停下，身着藏服的小伙和姑娘们便手持酒盘，唱着敬酒歌，等你喝酒入帐。酒是青稞酒，而杯如小碗。酒不干，歌不止，藏家规矩。喝酒时须先用无名指蘸一点酒弹向空中，连续三次，以示祭天、地和祖先，接着轻轻呷一口，主人会及时添满，再喝一口再添满，连喝三口，至第四次添满时，必须一饮而尽。这也是规矩，不能破坏。我的朋友来甘南已经不止一两次了，他对这里规矩比我还熟悉。

我相信在这里一定曾发生过神秘的厮杀和动人的爱情

　　来桑科草原不仅仅是旅游观光，之前每次都带着任务，所以每次都很纠结，做不到尽兴，也似乎没有快乐，只有疲惫。这次不同，是陪几个作家朋友。我曾经对他们说过，不来甘南，你就写不出惊世骇俗的东西。因了这句话的诱惑，他们三三两两，在不同的季节陆陆续续来到甘南。还好，老同学丹增加在桑科开了旅游点，节省了到处联络的麻烦不说，几杯酒下肚之后，还经常要人家打折，临了还落了个照顾人家生意，让丹增加一家感激不尽，这不是占了便宜还卖乖嘛！

　　进入帐房之后才发现帐内的设施焕然一新。丹增加把铺在地上的毯子全撤掉了，小桌子换成了一张大圆餐桌，原本很小的帐房突然变大了。饭桌摆在最里面，空留的地方站着一排藏族小伙、姑娘们。我知道又要敬酒，也或许是他有意安排的，因为我电话里说了这次来的都是作家。

当我们初次相识的时候

对你说一声扎西德勒

当我们分别相送的时候

对你说一声扎西德勒

扎西德勒是最美的话语

扎西德勒是最美的问候

……　……

　　还没坐稳，歌声就响了。大家又喝了三碗，三碗下肚，有人就开始摇晃了。也有人混到他们中间，声嘶力竭地跟着吼《扎西德勒》歌。姑娘小伙们愈加起劲，边唱边舞。

　　最能体味传统藏族风情的莫过于藏式菜肴了。酒是青稞酿制，喝一杯，就涌起一股热流；奶是醇厚的酸奶，加一层白糖，味美可口；再加羊肉，大块大块的，就一个字——香；还有藏式香肠、羊肉包子、蕨麻米饭、糌粑……可惜，这帮作家们未曾尝到真正的味道时，早就东倒西歪了。有人还要嚷着骑马，还有的想要去跳锅庄。趁他们东倒西歪的空当，我偷偷跑了出去。说实话，桑科草原来过好多次，但每次都匆匆而过。桑科草原对我的诱惑真的不亚于拉卜楞，因为在一望无垠的草原上可以放牧心灵，可以浅斟低吟，可以敞开胸襟接纳青草、白云。

　　时值深秋，草全黄了，对桑科草原抱有的所有美丽幻想全被眼皮底下的一片花白扫得一干二净。秋风吹过草尖，传来啾啾的鸣叫，芨芨草如浪起伏，它们笑迎嘉宾的日子似乎已远去了，我丢失欢蹦乱跳的心情，只是默默感受着秋风的凉意。

　　桑科草原被一大片一大片的栅栏围着，顺栅栏走了许久，还是找不到想象中的那种美丽。遥远处的草原，依旧一片花白，完全失去了绿意的草原，让人感到有一种无尽的萧瑟和荒凉。秋风肆意抚弄我的头发，长长的芨芨草在脚下发出嚓嚓的声响。渐渐的，天色暗了下来，于是草原上的我便开始为自己走不出栅栏而惶惑。太阳钻进一朵乌云中，那乌云四周立刻镀上了金边。西边的云已成了青灰色，像桑科草原上的衰草，很难找到一丝活气。眼里层层起伏的涟漪，让我内心涌起一股繁星般明明灭灭的思绪。我相信在这里一定曾发生过神秘的厮杀和动人的爱情。步入桑科草原是带着一种渴求与希望，然眼下的桑科草原却使我的思想不能清醒，更无法进入思考。

时间慢慢收割着一切，金色的云彩在每一分一秒里不断变幻着。依旧在这片复归于平坦和荒凉的草地上走着，我心里突然涌起回家的意念。身处茫茫草原，那个遥远的家，那声平静的呼唤，却成了草原上最悠长的回响。而我却眼巴巴望着形形色色的路人，心里翻滚着难以言明的悲苦。

返回的路上，天空空前明朗，人群络绎不绝。阳光下同胞们的穿着五彩缤纷，光彩夺目。高原的太阳像一个巨大的火球，公路两旁的树木呈现出惊人的沉稳。汽车把嘶哑的吼叫甩进深深的山谷，远处浅白色的山峰闪现着金属般的光芒。一切都显得那么明亮，激动而又热烈。

大金瓦寺放射出的辉煌光芒如同海市蜃楼，像一个缥缈神秘的世界。而我是过客，匆匆一别，竟把源自天堂的幻想放在了拉卜楞、放在了桑科草原。夏河、拉卜楞、桑科，远远成为模糊的记忆，像一片拂动的经幡，在意识深处不断地飘扬着、翻卷着。

补记：

2012年6月，我和朋友相约去拉卜楞。拉卜楞是中国喇嘛教格鲁派六大寺院之一，其宗教氛围和文化意蕴不言而喻。奇怪的是我每次来到拉卜楞都感觉到无话可说，脑子里没有出发之前的那些想法。起先我一直想着，他来自外地，对甘南只是概念上的认识，而不可能有着更为深刻的理解。应该说说那些风土人情，说说寺院和草原。但是一到这个地方，我就失语了。这样的情形不止一次，我始终无法揭开深藏其间的秘密。

我们转过一座一座经堂，转过白塔，也转过了我们留在时间下的影子。我一直想着，是不是因为带着某种连自己都不曾知道的私欲？抑或是灵魂里自古以来的卑微难以面对如此盛大的佛光！

6月的拉卜楞四周已经花香满院。经过文殊院的时候，看见了几株刚刚开放的野罂粟。是不是文殊菩萨的智慧之剑指引着？在回去不久的日子里，我写下了这首短诗：

歌唱的经幢，细雨碎小的脚步
还有飞檐下嘀咕的鸽子
墙角处忙碌的蜘蛛，之外——
这里是寂静的

丁香开满院子

静静地守望太阳神：行走甘南

不炫耀，也不争吵
唯有这些野罂粟在经堂门前兀自开放
佛从盲窗里窥视众生之秘密

佛从来不在高处
佛就在这些低矮的野罂粟中间

那小小的院子

时间的流逝让我们无法遏制美丽事物的消融和成熟。
当我倚在岁月的枯枝上，
看着天边缓缓下落的夕阳，
内心就有一种无法言语的痛楚与怜惜。

　　玛曲，位于黄河上游，系藏语"黄河"之意，它地处甘、青、川三省交界处，沃野辽阔，自古为游牧民族活动的场所。也许是黄河对这片神奇土地过分迷恋，她流经这里并形成180度的大转弯，把美丽的玛曲拥揽在这独特的第一弯里，构成了草原上秀丽的风景。受冥冥之中草原的肥美和美丽卓玛的召唤，我义无反顾去那里教书。我清楚地记得，那是2004年的秋天。

　　玛曲县中学坐落在九曲黄河第一弯的卓格尼玛滩上，校园四周不见高山，也没有小溪，视野里全是广袤无垠的草原。深秋时分，草色花白，四处空荡，荒凉。我当时住在学校门口的一个几乎是废弃的小院子里（据说那是以前学校放牛粪的小房子），那个小院子里同时还住了几个给学校搞基建工程的民工，他们养了几只藏獒，凶得很。小院子里平常很少有人进来，民工们三天两头来一回，我和藏獒成了小院子的主人，时日一久，关系也混熟了，它们不再那么凶，反而很可爱，见我进来，就扑到身上，总要亲昵一

124

此时我就在黄河岸边，看见了五彩光芒的天堂

阵。后来，小院子里又添了一位新主人，他姓季，是来这里支教的，我们住在一起。季老师爱听音乐，爱看文学评论，也算是有缘分，有共同的爱好，谈论的话题当然就多了。一个专门用牛粪取暖的火炉，两张用低矮的课桌搭成的小床，就构成了我们简单的家。清贫，但却暖和，狭小，而不失自由。

学校里教师年轻的居多，大家平常很少活动。我刚去不久，学校就组织大家听我的课。依稀记得我讲的是《木兰诗》，从郭茂倩开始，北朝民歌、乐府诗、比兴手法，甚至扯到《孔雀东南飞》。刚毕业不久，恨不得把自己知道的一股脑儿全抖出来，结果适得其反。等教研组评完课，我只身来到小院子里，满心委屈，不吃不喝。几个年轻老师来到小院子里，安慰我说刚刚出道这算是好的了，以后注意就对了。后来，我才知道，那次评课我受的批评还算是轻的。以后的日子，他们来小院子的次数渐渐多了起来。有时候，我们也打打牌，喝点小酒，但从未耽误过工作，也没有过丝毫马虎。有一次，年轻人在一起打牌赢饭钱，恰巧让校长进来碰到了，他看了我们一眼就转身走了。第二学期开学不久，其中几个老师被调到更偏远的乡下去了。不知道他们的离开会不会与我有关？会不会与小院子有关？这一切成了我心中的疑团，一直没有找到答案。

玛曲县城乡之间很遥远，几百公里算是较近了。那年冬天，我也被责令返回本地。离开了小院子，离开了朝夕相处一年之久的同事和亲爱的同学们，开始踏上漫漫的人生征程。季老师支教期满，也回到他原来的学校。后来，我听说我走之后，他们饮食起居都不习惯。学校里大都是牧民的孩子，汉语水平差，工作上很吃力、很寂寞。每天盼望着从县城来的客车能为他们带来好消息，这是他们唯一的心愿。可是，日子一天天过去了，除了草原深处肆虐而来的风之外，似乎再没有其他。时隔多年，我的心里一直很内疚，总觉得他们的事情与我有关，与那个小院子有关。小院子带给我的似乎唯有无法说清的自责和悔过了。

其实，在那个小小的院子里我倒没有觉得太痛苦，或许与我是藏族人有关，或许是我与草原天然的亲近，我并没有浪费自己的青春，我目睹了草原的荒凉和博大。每天早晨起来，从那些长长的枯草上踩过，心里有种说不出的复杂的感觉。甚至，我写下了这样的诗句：

> 让自己变成一棵小草
> 或者，仅仅在阳光未照之前带给早晨清洁与感动
>
> 每天都这样想——当我漫步草原
> 空旷的草原让我想起
> 做一棵小草的意义

以至于后来，我还写出了这样的句子：

> 没有刺目的阳光和多余对话
> 一些经历的或正在经历的事件中
> 遗留下不应有的叹息
> 真是它们，一次次改变我的思索
>
> 此刻我望着窗外不断滑落的流星
> 想起一年前在玛曲的那个夜晚

那个衰草连天的小院

那些深秋里弯腰到底的晶莹莨菪——

红光满面。岁月久了就会呈现干瘪和昏暗

　　这一切毕竟远去了，留在记忆之中的唯有那座小小的院子，那几个年轻活泼的教师，还有一群孩子们，以及他们认真听我讲课时的一双双真诚的眼睛。

　　从草原回来，我在一个安静的小镇继续教书。我常常想起玛曲，想起那个衰草连天的小院子，几乎没有预谋，就决定了要写点真诚的文字，为你，为他，更为活着的希望和热爱。现在，每每读到孩子们用稚嫩的手笔写出内心的欢悦与苦恼时，我往往被他们的真诚和热爱深深地感动着。他们是一群快乐的小鸟，他们的内心装满了清纯和幻想，也装满了某种成熟之前的忧郁和反叛。

　　……路上的辛酸已融进我的眼睛

　　心灵的困境已化作我的坚定

　　在路上，用我心灵的呼声

　　在路上，只为伴着我的人

　　在路上，是我生命的远行

　　在路上，只为温暖我的人……

　　刘欢的这首《在路上》曾使我一度沉浸于缅怀之中。教学工作平凡也不平凡，平凡与不平凡之中，我也自觉与不自觉地开始做些自己应该做的事情了。

　　时间的流逝让我们无法遏制美丽事物的消融和成熟。当我倚在岁月的枯枝上，看着天边缓缓下落的夕阳，内心就有一种无法言语的痛楚与怜惜。每天和孩子们在一起，听着他们的笑语，我真想回到过去的光阴里。每一天新的阳光从东方破晓而出时，你又会想些什么呢？我对自己说，活着，爱着，做一个幸福的人，让每天新的阳光洒在身上，让我感受到生命中的每一天都是温暖的。

　　可在我的记忆中，小院子终究不能忘怀。因为我觉得，那里留有我青春的足迹，也留有我成长路上的辛酸和感激。

蛇的故事

父亲的朋友因为那次捕蛇，
而被人诬告为社会主义懒虫，
再次遭到严厉的批斗……
他虽然去了很远的父亲都不知道的地方，
但那罐蛇油却为整个牧场带来了福气。

1

没见过活着的蛇，但一听"蛇"字，心就不由自主紧张起来。蛇到底有多可怕？那些干瘪了的、种类很多的蛇倒是在中药房见过很多，也吃过不少，干瘪了的蛇自然不用怕。家族里有小脚老太太常说起蛇，那是30多年前的事儿。模糊的记忆里，她常拿蛇吓我们，说蛇如何如何毒，如何如何可怕，还说被蛇咬死的人将会变成厉鬼，不得托生。有明显的记忆的众多事件，都发生在村子里。那时候我还小，对草原很模糊，也很少去。一边耕种，一边放牧，住在这里的人们在这样的状态下已经生活了好多年。

父亲的大多日子都在草原，来村里的时日极为有限，除非逢节过年。有天，我在巷口见到很多人围在一起，同时也看到了父亲，还有班玛次力大叔。班玛次力大叔躺在牛毛毡上，一动不动，裤管高高挽起，小腿肚上的一

🔖 它们驮运着物资，也驮着光明和温暖

坨肉变成了深紫色，说是被蛇咬伤了。后来的事记不大清楚，班玛次力大叔也并没有因为被蛇咬伤而丧生。有那么一段时间，我总是在巷口遇见班玛次力大叔，他弓腰挂杖，嘴唇发黑，眼睛深陷，不大说话。见到他，我就想起小脚老太太的话，于是内心的恐慌迫使我一溜烟奔到家里，再也不敢一个人出门。也是因为怕真的看见没有托生的厉鬼，我再也不想和小脚老太太见面了。

时隔十余年之后，班玛次力大叔恐怕连骨殖都化为粪土了，但我依然不敢经过埋有他的那块地方。村里很多和我一样的孩子们大多都害怕蛇，然而大人们的可恶之处就是总拿蛇来威胁我们。夏天去草场放牧牛羊，几乎是孩子们的事情。牛羊跑到很远的地方，也需要我们去追赶。不是我们乐意，而是怕蛇。大人们用牛毛毡把自己卷起来，懒懒地躺在太阳下，然后眯着眼睛，对我们呼来唤去。对不听话的孩子他们总是说，抓条青蛇来，灌进领窝里，叫你不听话。顿时我们的皮肤上就会感到有冰凉的、滑滑的小青蛇在游走。于是，大家便飞一般从一个山头奔到另一个山头，不敢言苦。

129

有人做皮毛生意去了兰州，回来屹蹴在阳光下，说城市里的高楼大厦，新奇无比；有人贩卖虫草，到了遥远的南方，之后说起南方人吃蛇的事情。吃蛇？便没有几个人相信。

蛇是女娲娘娘变的，小脚老太太这么说过。女娲娘娘是人类的祖先，怎么能吃呢？蛇一般不会跑到家中来，家里发现有蛇出没，那定是不祥之兆。这也是小脚老太太说的。30年前的某个秋日，我第一次见到了蛇，就在我家里，准确地说，是一条小青蛇盘在屋梁上。它不足一尺，周身发亮，脑袋似青豆，蛇信子来回伸缩，全家人都紧张坏了。后来，我们叫来族上的长辈，将蛇慢慢引到木锨上，送到门前的草地里去了。再后来，父亲从寺院请来几个和尚，给家里念了平安经。蛇到家里来是不吉祥的，但不能打死，一旦来了，就要好好劝它回去。因而村里多了几个念经的小脚老太太，她们在闲日里学会了念"劝蛇经"。村子四周都是草原，小蛇伺机光顾也是常事，有人会念"劝蛇经"，自然功德尤量。我不知道有没有劝蛇的经，总之，但凡积德行善、化险为夷，就是好事。小脚老太太们在村子里的地位突然之间比以前高出了许多，大概因为那些子虚乌有的"劝蛇经"了。

见到了蛇，家里也就怕了那么一阵子，倒是请和尚来念经，我们跟着闹腾了几天，热闹的场面保存在记忆里，一直没有忘记掉。

那年秋末开始，父亲没有去牧场，一直待在家里，不大爱说话的父亲比以前更加威严了。

2

村里有牛姓人家，因生有五个儿子，大家都管他家叫"五牛"家。土地下放不久，各种庙会慢慢繁盛起来。三牛不见了，祸端源自邻村。邻村来了一群卖艺的，他们各个武艺高强，能飞檐走壁，也能一掌拍烂摞在一起的好几块砖。三牛跟他们学艺去了，据说临走前偷走了家里的黄铜烟锅，用以拜师。五牛家儿子多，三牛不见了，家人似乎不着急，四下打听几日，之后便不闻不问。两年之后，三牛回来了。三牛的父亲出没在村里的大街小巷，神气十足，说三牛从院子里一个滚翻就能飞到房顶去。村里人不敢惹五牛家，都怕三牛。三牛在大街上走路的样子和别人不一样，扬手抬脚，把指关节弄得嘎嘎直响。大家看着就想笑，却又不敢笑出声来。

三牛有武艺的神话就在他回来的那年冬天给打破了。那时候村里谁家出嫁姑娘，总要请电影队放几场电影。一村放电影，十里八乡的人都会集聚而来。人多嘴杂，你推我搡，加上年轻人的不安分，结果一场混乱的群架就爆发了。三牛在那场群架中被人家三棍子就放倒了，五牛家从此不再张狂，但三牛仍然不死心，他在门口两棵白杨树中间吊了好几个沙袋，三更半夜起来，练个不停。几月过去，他的手脱了一层皮，关节都变了形，尽管如此，村里青年不服气者甚多，可嘴上还是不敢说啥。

三牛说，失去的一定要争回来，面子比命更重要。

他还说，君子报仇十年不晚。

春暖花开对高原而言只是传闻，等节气一过谷雨，山坡上的草木才似乎从梦中醒来，一直到农历四月后半截，绿意才渐渐覆盖住漫山遍野的荒芜，这时候我们就会去山坡放牧。放牧是多么开心的事呀，我们心里有许多怨恨，但因为怕蛇，也只能忍气吞声，听凭大人们躺在暖暖的阳光下懒懒地指挥着，东西南北来回奔跑。

第二次见到蛇，是距离村子很远的一个草坡上。仍然是一条小青蛇，不足五寸，那蛇在阳光下穿行极速，分外明亮。蛇是三牛发现的，也是他捉住的。三牛不怕蛇，他用两个手指把那条小青蛇从脑袋下死死捏住，然后捡起一块石头，一下就砸烂了蛇头。掉了头的蛇摆了几下身段，之后便不动了。三牛拿着鲜血淋淋的蛇身，从脖颈里灌进去，然后又从袖筒里倒出来。看着他玩得开心自如，而我们连摸都不敢摸一下。张狂的大人们忘记阻止三牛，似乎被吓住了。

三牛吃蛇了！全村人都惊恐无比。我们在现场，倒是觉得好奇。三牛把没头的那条小青蛇的皮剥了下来，嚓嚓嚓两下就吃完了。他说，吃了蛇肉和别人打架就感觉不到疼。三牛还说，吃蛇最好是把它装到瓶子里，然后灌满水，蛇喝饱了水，就会把吃进肚子里的老鼠吐出来，那样吃才干净。哭声从后半夜传来，第二天全村都知道三牛死了，据说周身肿得像牛皮袋一样。

蛇是神灵，不敢对它有丝毫不尊呀。三牛的死让我不但更加害怕蛇，而且对蛇有了万分敬畏。从此不敢去草长的山坡，也不敢去碎石很多的河谷。

父亲说，人心不足蛇吞象。那年秋末没去牧场是因为他也遇到了一条巨大的蛇，那蛇在山崖上，对一头小牛犊虎视眈眈，牛犊不敢迈步，蛇也没有进攻，相互僵持半日，直到牛群经过，蛇才窜到深草里去。三牛戾气太重，被蛇要命，也是早晚的事。

蛇的确是能吃的，这是我在不断丰富生活经历和开阔视野的途中慢慢知道的。

食蛇的记载可谓久矣，唐宋传至中原。《太平广记》等书籍里载有皇帝都吃蛇的故事，《山海经》里也有吃蛇肉便可终生不得心脏病的记录。可三牛的离世却和蛇有关。也许和他说的差不多——那样吃才干净。那几年鼹鼠繁多，为保护草场，有人专门在鼠洞里放过药。蛇食鼠，而人食蛇，到头来却让人死于非命，不足为奇。蛇的种类很多，和三牛一样的食蛇者，总是急于达到某种目的而忽视了其恶毒的本性。恶毒常常隐藏其内，不喜张扬，聪明的人们在欲望的驱使下反而变得愚笨无比，丧失心智，丢其小命，何奇怪哉！

3

　　父亲知道关于蛇的故事不亚于小脚老太太，然而由于他的严厉，加之很少说话，我们都不爱听他讲的故事。无论什么样的故事，但凡与蛇有关的，大多都是恶毒的。有一天，当我看了《白蛇传》之后，真的对蛇动了怜悯之心。或许是讲故事的人心怀慈悲，也或许是故事本身善意无限，总之，我对蛇有了新的认识，也不再那么畏惧了。实际上这一切都源自一个人心灵对某种事物的认知有了改变，并不是事物本身发生了变化。有那么一段时日，我经常沉浸于白蛇和许仙的故事里，痛恨法海棒打鸳鸯。毕竟是孩子，不懂尘世里恩恩怨怨的纠结，也不深究那么多恩怨与纠结的目的。看过，感伤过，也愤恨过，然而时间还给我们的依然是走过今天，等到天亮，再继续明天的路。

我的记忆中依然留有她羞涩的脸庞

对蛇的认识还和父亲的一个特殊朋友有关。

父亲念念不忘他的那个"右派"朋友，消闲下来的时候总是提起，所以我多多少少知道些他们之间的事情。

父亲的朋友上世纪50年代被下放到草原上，因为是"右派"，大家都排斥他，他也不愿和过多的人交往，大小事情上更是显得小心翼翼，十分谨慎。他是知识分子，父亲常说。在草原上，父亲和他经常一起出没。他在草原上没有据点，也没有牛羊，村里有个破仓库，冬天一到，他就住那里。父亲说，过年的时候，叫他到家里来，暖暖和和吃上一口。他不会放牧，且身体单薄，不了解草原上的节气变化，吃了不少亏，家里几个破旧的皮袄都给了他。起初他很谨慎，时间久了，慢慢习惯了下来，那种本能的防范和隔阂也渐渐少了。但他从不提他的过去，话题赶到那里，也只是重重的一声叹息。寒冬腊月，他一个人蹲在那个破仓库里，裹着皮袄，不言不语。父亲说，有好几次他看见他把树叶子卷起来当烟抽，神情木讷。也是因为他深知自己的身份特殊，父亲说，有时候叫他好几次，他都不愿到家来坐坐。

有年冬天，父亲带大姐去亲戚家。父亲疼爱大姐远远超出疼爱我和大哥。亲戚家有老人过世，算是喜丧。他带大姐去，仅仅因为一顿好吃的。据大姐回忆说，那时候她八九岁，亲戚家在另外的草原上，距离我们很远，加上大冬天，她在半路上就不想去了。的确，草原上的冬天是十分严酷的。父亲以为她走不动了，就背着她。回来之后，她的一双手被冻坏了，肿得像馒头一样，一热就喊痒，一冷就喊疼，一直喊到来年清明过后。父亲央求他的那个"右派"朋友给她治疗，可他也没有办法。治疗冻疮在那时候的确是有困难的，一来买不到合适的药，二来家人也不会因为那点小小的疼痛就卖羊卖牛去治疗。

草木发芽很长一段时日之后，我的担忧就会来临，尽管在口头上说不怕蛇，但潜意识里还是有所恐惧，那恐惧不随时间而削弱，反而有点变本加厉。我不知道那算不算是无形的伤害？因为班玛次力大叔被蛇咬伤的样子和三牛吃蛇的事经常萦绕在我的脑海中，让我无法在意识里坦然地接纳蛇。

有天，父亲拿来一罐乳白色的油，放在橱柜上，叮咛我们千万不能动，说是给大姐治疗冻疮的。一到冬天，大姐的冻疮总是会犯。我们不知道那油是用啥做成的，那年冬天，大姐擦了那油之后，冻疮几日就全好了，之后再也没有犯过。后来父亲说，那是蛇油，是他那个"右派"朋友做的。

秋收时分，大家都在忙着抢收，父亲的朋友悄悄找来一个长颈的罐头瓶子，里面倒上一点酸奶，然后放在长草丛里。父亲的朋友在大家休息的时候，就去长草丛里。蛇和众多生灵一样，无法抵挡自己的贪欲，它们钻到瓶子里，吃完酸奶之后就无法出来了。父亲的朋友把有蛇的瓶子放在阳光强烈的石头上暴晒，两三天时间，蛇就被晒化了，不见身形，只有半瓶白白净净的油。父亲的朋友说，蛇油不但可以治疗冻疮，还可以治疗许多皮肤病。他还告诉了父亲很多蛇的好处，可惜父亲除了治冻疮其他都没有记住，浪费了那些可贵的方子。

父亲的朋友因为那次捕蛇，而被人诬告为社会主义懒虫，再次遭到严厉的批斗。之后，他和父亲的交往越来越少，后来被下放到连父亲都不知道的地方去了。他虽然去了很远的父亲都不知道的地方，但那罐蛇油却为整个牧场带来了福气。

每年春初的转场是最为忙乱的，物资的驮运要靠马匹和牦牛，来来回回，马匹的背上都磨出了疮，盛夏时分，成群结伙的苍蝇总是围着马背转。这个时候父亲就拿出了剩余的那罐蛇油，挨个擦给牧场上磨有疮的马匹。几日之后，马背上的疮好了，新生的毛长出了，苍蝇也不见了影子。父亲告诉大家这神奇的药油是他的那个朋友给的。大家心里都感激他，但奇怪的是，没有一个人站出来替他说一句话。

4

几年过后的某一天，他突然回来找父亲，说要回城，一切都好了起来，临走前他给父亲写下了地址，说有时间他会来看望我们。一晃几十年，有些事情大概在记忆中已经没有了影子，而对于这位朋友，父亲总是说起。原来他是个很有名的医生，至于犯了什么错，父亲是不知道的，他也始终没有说。但他告诉父亲用蛇治疗疾病的众多方子时的情景父亲总是念念不忘。

我不知道父亲的那个"右派"朋友当年是怎么在草原上度过那些时日的，可以肯定的是，他经历了我们不曾想象的磨难。"光荣常常不是沿着闪光的道路走来的，有时通过遥远的世俗的小路才能够得到它。"想想看，父亲的朋友何尝不是这样？有自己的真实的信仰，有自己的性格和坚定的信念，并将它保持住，这比关心上帝更重要。

有一种古老的传说在民间流行，蛇性喜光明，于是蛇王经常率众蛇追逐太阳的脚步。不想，有一日，众蛇的追逐速度太快，离太阳太近，竟然被太阳灼伤了。愤怒的蛇王见此，集全身之力，腾空而起，口吐信子射向太阳，奋力抗争。身处九天之上的太阳，又岂能如此轻易就可射到？蛇王射日不成，却将自己陷身绝境——处于万丈高空，没有飞行能力的它，唯一的结局就是粉身碎骨。众蛇知道了蛇王的危险，便一起向上苍祈祷。蛇王爱众蛇之心感动了上苍，上苍赐给蛇王一对巨大的肉翼，让蛇王得以避免惨死的命运。于是，蛇王不但获得了新生，而且还增加了寿命。这样，世上就诞生了一个新的种族——龙族！继承了蛇王血脉的龙族，不仅具有飞行的能力，还拥有强大的力量。传说已经无从考证，世人不明真伪，龙族也似乎从不承认这个传说，反而讥笑蛇族的攀附权贵。人类往往信仰和攀附龙族，而将蛇置于高贵的反面，这却不是传说，而是现实。蛇背着恶毒的名义游走于人类的肠胃与血液中，替人类缓解疼痛，治疗痼疾，谁为蛇说过一句公道话？凡此种种，蛇在我心里已经不再是大家所说的那么恶毒了。

家族在数年之后完全脱离了草原生活，定居下来，开始了几乎是农耕的日子。小脚老太太已化为粪土，村子亦是人事更迭。父亲老了，他总想拉住我们，讲讲他年轻时代的故事。而我们却为过好日子来回奔走，已没有那样的好奇心坐下来认真去听。苍老的父亲显得很孤单，也很失望。

贡曲是父亲的侄儿，也是我的大哥，他染上皮肤病已经好几年了。穿街走巷，寻找名医，走出大医院，进入小诊所，一年总有那么几次发作。疾病发作之时奇痒难忍，他常常拿木板来回蹭皮肤，蹭得鲜血浑身都是。每见到此，父亲就不住怀念他的那个"右派"朋友。可我们不知道他在哪里，还在不在尘世？

贡曲的皮肤病是按季节发作的，春天和秋天不可避免，有时夏天也会折腾他。那些带有蛇皮的中药估计吃掉了一卡车。父亲坐在阳光下不说话，他像回到年轻时代一样，脾气暴躁，对我们动辄就粗口大骂。而我们也习惯了，谁会和自己的父亲较真呢。

有一天父亲来电话了，电话里的他像孩子一样，这是几十年来我第一次听他如此言语和善情绪激动。他说他想起了那个"右派"朋友的名字，让我打问打问他在哪里。这世上同名同姓的人不知道有多少，仅凭一个名字让我在这茫茫人海里怎么找。可见他那兴奋的劲，我又不忍给他泼凉水，从此，那个名字在我脑海里纠缠着，折磨着我，直到有一天我真的找到了他。当时我不知道是不是他，但情况和父亲说的差不多，他是著名的皮肤专家，在上海某所医院。我打印了一沓关于他的资料和照片，拿给父亲看。父亲说，他没有变，一点都没有变。终于找到了，父亲高兴了好几天。我按照父亲的嘱咐，给他写了信，并且着重写了用酸奶捕蛇的事。

几月过后，我们的等待依然没有任何讯息。父亲沉默许久，然后不住责怪他的朋友。秋末的某一天，贡曲的病又犯了。父亲执意要去上海，他铁了心，谁也拦不住。我，贡曲和父亲，我们收拾好所有一切，在一个秋雨蒙蒙的早晨，坐上了开往遥远的上海的列车。

平生从未出过远门的父亲，坐在飞一般的列车上，我穷尽想象，也难以猜测他的心思。因为，父亲在登上列车的那一刻，眼睛里就浸着泪花，那泪花里还隐隐约约闪动着不易发现的哀伤。

当我看见他们在高原上跋涉的时候，

看见的恰恰不是苦难，

而是他们内心的虔敬。

那种虔敬可以使你忘记苦难，

那种虔敬会给你好好活下去的无穷力量，

那种虔敬足以令你释怀尘世的一切荣华富贵……

1

从梦中醒来的时候，才知道时间已经过去了十几个小时。一直枕着白龙江入睡，淙淙江水也没能叫醒我。后半夜，狗的叫声渐渐清晰起来，它闻出了陌生人的气味，因而发出了警觉的吠叫。我努力睁开眼睛，感觉一点力气都没有。昏黄的月亮将朦胧的光线斜斜送进房间，这里显得愈加寂静而孤单了。

躺在床上，我慢慢想了起来，那几天一直在南边的草原上行走。为寻找住在心灵里的那匹小红马，这几年我几乎跑遍了整个草地。然而所行之处带给我灵魂的安慰却一直是空空荡荡的。不知道为什么总要走那么长的路？在一程又一程的追寻中，依然没有找到可以安稳下来的理由。活在纷乱芜杂的尘世上，每个人的心里都藏着一匹看不见的小红马，大家都在寻找，可是途中的疲乏和意想不到的错失往往让我们忽略了寻找的意义，而多出了不应有

🔖 牛毛织成的帐篷可以保暖，还可以防雨，这是祖祖辈辈遗留下来的经验

的索求和怨恨。谁能将生命意义发挥到完美和极致呢！尽管如此，我还是一程又一程地追寻着，从来没有放弃过。

南边的草原辽阔无边，深秋时节更是深邃无垠。这样的苍茫和辽阔下，细细想来除了孤独，真没有其他了。孤独是灵魂最好的伴侣，因为它的不容侵犯，因为它广阔无边的想象空间，更因为它带来了自由的伟大和神圣。

认识拉姆是因为她手工纺织的围巾。拉姆是贵州人，她在郎木寺用精巧勤劳的双手开起了这家店铺。围巾随处可买，而郎木寺却不同。郎木寺堪称流浪者的温柔之乡，当酒吧、咖啡屋、茶楼里不断传出不同声音的时候，他们便开始思念亲人的温暖和记忆的感伤。买一条手工编织的围巾，围在脖子上，不管身在何处，都会有种回归故里的感觉。事实上，这都是心情使然。人总是喜欢想方设法找理由去说服自己对某种行为的付出，拉姆编织的围巾给红尘中的男男女女带来温暖的同时，自然也捎去了诸多记忆和怀念。

来到拉姆的围巾店时已经下午了。我知道，再过一个时辰就很难找到出行的车辆。拉姆和前几年一样，洋溢着可人的笑脸。我给她说了情况，目的是想让她帮我找辆熟悉点的车。她说，我给贡巴打电话，让他送你吧。一会儿贡巴开车过来了。贡巴看上去不到四十，个头高大，脸蛋黝黑，两条胳膊像露在屋檐外面的木头椽子。看着贡巴如此协调而结实的身段，我暗自羡慕不已。拉姆笑着对贡巴说，他，我的朋友，要去松潘古城，价钱你们商量。贡巴笑了笑说，你的朋友就是我的朋友，把钱挂在嘴边就显得生分了。

2

时值深秋，草原已卸去了昔日的艳丽装扮，远远看去，是一片花花白白的辽远和空明，少了妩媚而多了苍茫。快到若尔盖了。从郎木寺到若尔盖只要两个多小时。10年前，这条路坎坷崎岖，沿途不见车辆，现在好多了。贡巴不大说话，只是专注地开车。我一次又一次沉浸在10年前那次远行的记忆里，因为十年前印在我心底的那种空旷和苍茫始终没有改变。

那次我和索南昂杰一道去若尔盖，索南昂杰是地方小有名气的诗人。他的性格乖张，常把文学挂在嘴边，像个小学生一样喜欢卖弄。和他在一起的时候，我在心底总是暗暗笑他。一路上他滔滔不绝地给我说巴西会议，说若尔盖草原在共和国历史上的重要地位。我将头转向窗外，望着苍茫草原，没有接他话茬。因为我知道，一旦和他说起历史就很难停止下来了。他见我无意和他搭讪，便又说，这里有成千上万匹狼，白天在荒山野岭中睡觉，晚上便成群结伙出来觅食，亮着荧荧绿光的眼睛，围着废弃的牧场嚎叫。还可能有狈，它与狼纠缠一起，成草原上的六脚怪兽，在草原上来回扫荡。我听着就出了一身冷汗。10年后，当我经历了种种草原生活之后才明白，草原在现代文明潮流的冲撞下已经变得十分沉寂，早已见不到狼或狈的影子了。纵然有，那也只是某种情景下思想作怪罢了。一个人往往喜欢与自己的想象作战，名副其实地"狼狈为奸"。这样的情形无处不在、无所不能地浸入我们大脑，而我们又无能为力。多么可悲！

那几日我和索南昂杰走遍了若尔盖的巷巷道道，或者坐在距离黄河最近的地方，一直到高原的明月划过中天。他给我说起在牧区教书的日子和高原上徒步穿行的岁月，以及冻醒在齐哈玛冬牧场的种种生活的时候，我就想起一个人在高原上行走的样子，他是那样的傲然独立，那样的坚韧不拔。和都市人截然相反，他们节衣游历，只为求得精神的愉悦。行走在高原上的人们总是将灵魂皈依于神圣的信仰之中。也许是民族和出生地所带来的局限，也真是因为这样的局限，大多时候我们才对命运有所认同。当我看见他们在高原上跋涉的时候，看见的恰恰不是苦难，而是他们内心的虔敬。那种虔敬可以使你忘记苦难，那种虔敬会给予你好好活下去的无穷力量，那种虔敬足以令你释怀尘世的一切荣华富贵……

　　记忆总是喜欢偷偷改变一个人的心情，这一路上我的心绪中盛满了无法言语的柔软。赶到若尔盖的时候天色渐渐暗了下来，远处的云朵慢慢朝我们头顶聚拢而来。贡巴说，草原上就这样，潮气重，云彩自然重。贡巴又说，草原天气的变化是无法料及的，但在天黑前赶到松潘古城是没啥问题的。我说，要不住下来吧，万一下雨会很麻烦的。贡巴笑了笑说，我们走近路，你去的地方是松潘，又不是若尔盖。住一晚要花很多钱，没那个必要了。

3

　　第一次沿草地走，真有点儿担心，好在贡巴对这里的路况十分熟悉，我们花了一个多小时就赶到草原的边缘了。雨没有落下来，天边的云朵渐渐扩散开来，亮出了晴天。黄昏下，草原的静谧令人震惊。三两处牧场上还有人影晃动。贡巴停下车，他说，吃了再走吧，这里有我的老朋友。

　　车子停在离帐篷不远的地方，偶尔有牛羊过来蹭蹭头，却又走远了。帐篷是用牛毛织成的，看上去黑乎乎的，很陈旧。牛毛织成的帐篷可以保暖，还可以防雨，这是牧人祖祖辈辈传下来的经验。然而这样的帐篷在草原上却很少，一来牛毛昂贵，大多被卖到遥远的都市去了；二来织起麻烦，费时费力，何况现在有很多现代化的保暖防雨帐篷，不论搭建或搬运都很便捷。一些手工作坊的东西在光阴里就这样慢慢退出了生活舞台，而先进的工业化东西却不断彰显它的强大和无所不能。已经很难断定它们的幸与不幸了。

　　贡巴的朋友叫桑德加，他和媳妇在这片草原上住了好多年。贡巴见到朋友后像换了个人，他的话多了。他和桑德加两人你一言我一语地攀谈起来。

我听不大懂他们的语言，家里就连我的父亲外出多年，现在也不太会讲民族语了。

桑德加媳妇给我们端来奶茶、酥油和糌粑，我们在帐篷里一同吃晚饭。其实他们的汉语表达是十分流畅的，我们从小时候说到现在，因为某些共同的经历，相互之间的心理隔阂慢慢消除了。吃完饭后，天已经黑透了，草原愈发静谧，凉风在帐篷外面窸窸窣窣地走动。桑德加夫妇执意不让我和贡巴赶夜路，贡巴看着我，我看了看黑乎乎的天空，决定留下来。晚上，我们在帐篷里说得很高兴。他们说我是个路人，是个把风景和好奇装在眼里而不容过夜的浪子。唯有我自己知道，我是去寻找心中的那匹小红马的。然而天涯茫茫，那匹小红马它怎会待在原地等待我的到来？我甚至都说不清它长什么样子。只是一种好奇，一种随风而逝的追逐，或许到头来错失了许许多多灿烂而美丽的光阴。就在那夜，我想到了生命的真实，也想到了人心虚伪。胸有大志而却又虚掷时光，这是多么愚不可及的事呀！

贡巴似乎也没有睡实，半夜里我分明听见他来回翻身的响动。我们都在心灵里构想着自己的幸福，然而幸福从来就是很简单的事，可悲的是我们往往把最简单的事情想成了极为复杂的追求，为此而付出一生，结果在尘世上迷失了方向，少了认识，多了贪婪。贡巴、桑德加和我，我们都是牧民，我想倘若大家都把幸福看成是一种心态的时候，世界就不会有太多的分歧了。怎么可能呢？期待以欲望的满足代替幸福的年代，大家的心灵都有所蒙蔽，已经看不清痛苦和烦恼的根源了。物质、权利、名誉使人产生的满足感，即使能叫作"幸福"，那也只是一种短暂的感受。这种感受和我多年苦苦寻求那匹小红马的心态又有什么区别呢！

4

中午时分我和贡巴到了古城松潘，一路上贡巴给我讲起了松潘和他家族的事儿。贡巴祖籍就在松潘，后来才迁居到郎木寺。贡巴说得不紧不慢，有条不紊。他说到松赞干布和文成公主，说到和亲政策与大唐安定边疆的政治手段，也说到了今天成为旅游胜地的现代古城。贡巴说，从春天开始一直到大雪飘飞，这里都会云集着天南海北的人群，不知道来这里寻找什么。小

🔖 清晨，母亲就开始忙碌了

地方声名远扬不是坏事，然而大家却在不经意间学会了相互使坏。开个小店铺，卖几两茶叶；盘个小旅社，赚几个银子，都是好事情，可偏偏夹杂了那么多心机。话又说回来，一切都迎合了虚伪的人心，所以这里才客满为患，充斥着令人作呕的铜臭。总是寻找香巴拉，却不懂得、也不愿坚守内心的香巴拉！

　　贡巴说他没有读过几天书，但他却说出了满腹经纶之人难以说出的惊人之语，这又让我想起此行的意义来。借高尚之名而填虚伪之心是十分荒唐的，这样的荒唐已经有了好几年，它掩埋在我的心底，衍生出无尽的贪欲。为什么还要千方百计找到合乎自我的行为的理由？小红马在哪儿？这些年没有方向地寻找和盲目地追随，使那匹藏在我心灵深处的小红马总是难以驾驭，究其原因，大概是欲求过多而丧失了心灵原有的本真和纯粹吧。这又是多么的无知和可耻！

143

途中的疲乏和意
想不到的错失往
往让我们忽略寻
找的意义，而多
出不应有的索求
和怨恨

静静守望太阳神：行走甘南

一位印度老人对小孩说，每个人的身体里都有两只狼，它们残酷地互相搏杀。一只狼代表愤怒、嫉妒、骄傲、害怕和耻辱；另一只代表温柔、善良、感恩、希望、微笑和爱。小孩着急地问，哪只狼更厉害？老人回答说，是你喂食的那一只。这样深刻而简单的比喻里，你怎能无动于衷？我决定放弃一度寻找的小红马，并不是害怕旅途的坎坷，而是明白了，在没有彻底清洗灵魂的前提下刻意去追求，一切将会成为虚劳。为什么我的记忆总是停留在许多年前？许多年前的记忆依然充满了甜美，因为那是少年的心怀！

ら

没有贪恋沿途的景色，大概是因为贡巴的那些言语，在松潘逗留一日就匆匆返回了。当我们赶到川主寺的时候毛毛雨就来了。几朵闲散的云彩不见了，慢慢的，天空也变成了重重的黑。由于下雨，贡巴放弃了走近路，桑德加还在牧场等待着。等待也是一种缘，缘生缘灭却不由我们来驱使。

午后到了若尔盖，这里好像没有落雨，只是天阴得更重。实际上，我和贡巴走到距离若尔盖不到50公里时雨就停了。按照贡巴的意思，最好在天黑前赶到郎木寺。他出来已经三天时间了，我也没有想着要停留，所以我们在若尔盖吃了点东西又继续赶路。下午5点就到了花湖。

花湖是若尔盖草原上的一个天然海子，五六月份，湖中开满绚丽花朵，它们在雨水充沛的八月会把纯蓝的湖水染成淡淡的藕色，时深时浅，十分妖艳。"从城市到花湖，可以说是从地狱进天堂。"行程中但凡好色之人都这样评价。回回如此，扑入眼帘的除了青山绿水，就是苍茫辽阔的草原和铺天盖地的野花。因而花湖的妖艳勾不起我的好奇和贪恋。

又堵车了，已经到了秋季的末尾，而云集在花湖四周的人群却如蜂团。贡巴熄火后就去路边的店铺打问情况。我坐在车上，望着外面熙熙攘攘的人群，连下车跺脚的情绪都没有了。贡巴回来

145

了，他说这里下过了一阵雨，绕道走应该可以。

从一处剪开的铁丝栅栏里进去后，眼前就没有公路了。一条刚好容车子经过的小路坑坑洼洼伸向若尔盖一望无垠的大草原。贡巴说，草原上不容许行车，只是前些年有人为了节省过路费就从这里开了条小路，尽管如此，走这条路的毕竟是少数。贡巴又说，这条路很近，要不是为了早点回家，我是不会走的。我相信贡巴的话，因为我知道，生活在草地上的牧民们对草地的爱惜远远胜出对生命的呵护。大约走了十来分钟，雨又来了。雨落在草地上没有任何反应，噼噼啪啪打在车子的玻璃上，瞬间在车窗上聚成了条条水柱。贡巴有些紧张了，他说，雨会越来越大的，阵雨之后往往是阴雨。雨果然越来越大，玻璃上的雨水铺成了一片，窗外啥也看不到了。我对贡巴说，停一会吧，等小些再走。贡巴说，不行，必须加大马力，这雨不会停，走不出草原会有麻烦的。

果然顺应了贡巴的话，车子陷进了泥坑，真的麻烦了。贡巴说，下雨时在草地上行车是很危险的，草一沾水就变得光滑起来，车子无法使力反而会深陷进去。天黑前出不来的话就更危险了，让狼群分而食之的事情也不是不可能，车子陷进去出不来，我只好下去推车。

我用尽全力从车的屁股上推搡。贡巴已经把油门踩到底了，车轮飞转，我的周身溅满了泥水。折腾了几分钟，贡巴也下来了，他见我狼狈不堪的样子差点没笑出声。他说，我来，你去开。贡巴给我大概指点了几下，如此等等。一会儿，贡巴也成了泥娃娃，车子仍然原地未动。天边的阴云已经差不多和草地连在一起了，大地立刻暗了许多。浑身上下都被雨水淋透了，凉风习习而来，四处不见人影，唯有渗入骨髓的寒冷肆意宰割着我们。贡巴常年开车，办法还是有的。于是，我们便把外衣脱下来铺在车轮下面，才把车一寸一寸从泥坑里挪了出来。

到公路上就放心了。我没说话，但却无法克制相互打架的牙齿。也是贡巴的意思，他说此时打开空调容易得风湿病，只能忍受了。贡巴死死盯着前方，神情中露出草原汉子的刚毅和坚强。经过这么一场折腾，我很快在颠簸的车上睡着了，车子怎么开到郎木寺竟无任何印象。

当我从梦中醒来的时候，才知道时间已经过去了十几个小时。见到贡巴是到郎木寺的第二天中午，我病了，高烧不退。他看着我，微微露出了笑容。说，曼巴^①看过了，受凉了，无大碍，休息几天就好。

几日之后，我病好离开了郎木寺。贡巴没有送我，他去忙他的事情了。我突然想起梁实秋《送行》里的那句：你走，我不送你。你来，无论多大风多大雨，我要去接你。这大概是诉于挚友之肺腑之言吧。艾明雅《做伴侣，不要做知己》一文里也这么说：不要以灵魂知己的名义，去等不该等的人，去蹉跎不该蹉跎的青春。这个世界上，有些人，有些事，比爱情这种东西，更值得感动。而我又以灵魂知己的名义，蹉跎了多少年华？和贡巴之间算不算知己？这样的远行值不值得感动？我也无从得知了。

6

之后的某个深秋，我再次来到郎木寺。这里的山山水水依然鲜活，它没有因为尘世的微妙变化而随波逐流，也没有因为季节的更替而改变它的绿肥红瘦。拉姆的小店还在，她依然坐在那间小屋子里编织她的围巾，编织着红尘世界里的温暖和记忆。或许，人生就是一段永不疲倦的旅途，一切要到终点才能结束。

其实我一直都明白，能和灵魂做伴的人，实际上是孤独的。一路与你同行的除了灵魂和孤独，还有什么！我没有去找贡巴，没有其他原因，我只是觉得更多的时候我们都为表层的语言而怀念，谁能理解我们把暖暖的记忆融入苍茫尘世的那种心情。

那年秋，我欠贡巴一件衣服，对于这份情谊，我又拿什么去回报呢？

---

① 曼巴：藏语，医生。

第四章

小镇上有说不完的故事

寒冬明亮而温暖的阳光嵌入我体内

为何消除不尽内心的落寞和烦躁

活着艰辛呵——

众多事情还需要我们

认真掩饰

精心谋划

但我不会倾慕那些顶端的鲜花

让我轻声吟唱平静而淡然的生活

小雪来临，却是深冬
我听到春天的声音
春天里
你的心事就会轻轻摇晃
那一朵花就这样走进我的生命
小镇上，我就是那朵为你而开的花

蕨　菜

　　蕨菜又叫拳头菜、猫爪、龙头菜，属凤尾蕨科，喜生于山间向阳坡地，其食用部分是未展开的幼嫩叶芽，是无任何污染的绿色野菜，不但含人体需要的多种维生素，还有清肠健胃、舒筋活络等功效，食用前在开水里焯好，再浸入凉水中除去异味，拌以佐料，清凉爽口，是难得的上乘酒菜。

　　短短几句话，就把蕨菜的一生写尽了。

　　我所居住的小镇上，蕨菜不算啥名贵的菜，比它名贵的自然还有很多。比如狼肚菌、木耳、草原香菇等等。大凡名贵的菌类都以隐者身份生存，难以寻找。倘若遇到，绝不是一两个，而是一大圈。遇到者自然是有福之人。整整一个季节下来，踏遍千山万水，收入依然微薄。所以这些名贵的菌类在趁人不

🔖 它们是世界上最小的花，阳光下多么灿烂（李城 摄）

注意期间，悄然成熟。一旦成熟就蒂落，既不能吃也卖不了。大家从心理上败下阵来，有福人毕竟是少数，所以就把目光聚集在最为常见的蕨菜上。

按照小镇的气候来说，4月份便是蕨菜心惊胆战的时节。几场雨过后，蕨菜就按捺不住激情了，一夜之间就会在向阳的山坡上齐刷刷抬起头颅。刚刚开始张望新鲜的世界，握紧拳头，暗含力量努力生长的时候，铺天盖地折蕨菜的人就来了，顷刻间所到之处狼藉一片。

从4月一直到5月，蕨菜家族来不及繁衍。这段时间如果不来春雪倒也罢了，一旦多少来点春雪，蕨菜就会夭折在泥土之中。折蕨菜的人们恨死了春雪。也是因为这个原因，他们从一个山头到另一个山头，从一片坡地到另一片坡地，从不消停。

5月过后，蕨菜就完全舒展开叶片。叶子展开的蕨菜在我们这地方叫"扬手"，形如手掌，也如一把扇子，好看至极。而它令人垂涎的茎秆却已成为

151

枯枝，煮不烂，也嚼不动。"扬手"了，蕨菜便不会被人们青睐，它和其他植物一样，才可以放心大胆在阳光下生长。只是可惜，一季下来山坡上留下来安然生长的没有多少。对小镇上常年劳作的人们而言，折来的蕨菜的确弥补了时节里物质的匮乏；而对蕨菜自身来说，却是过早完成了生命的代谢。

人们对吃的研究总是要做到精益求精，但却从来不会想明天或者后天某

它弥补了时节里物质的匮乏，却也过早完成了生命的代谢

种生物的锐减，甚至从大家的生活中彻底消失。尽管这样，略有收敛的、科学的做法和想法始终没有出现。

谷雨一过，小镇桥头就变成最热闹的地方了。在那里你总会看见一把把被橡皮筋扎得整整齐齐的蕨菜。不论泥泞当道，还是烈日当头，他们总是守候在桥头，眼睛里蓄满了渴望和等待，脑袋随着南来北往的游人来回转动，他们的嘴巴上像涂满了蜜水，他们一双双干枯的手紧紧捂住口袋……是钱把许多珍贵的东西推向了绝境，也是钱让许多珍贵的东西改变了它原有的本性。《诗经》有诗云："陟坡南山，言采其蕨。"古有伯夷、叔齐不食周粟，采蕨于首阳山的故事有谁还能记得？采蕨作为清高隐逸的象征也只是传说罢了。

152   蕨菜在汉代也有这样一个传说。

相传刘邦的儿子有天出城打猎，突然一阵狂风把他卷到云雾之中，等睁开眼睛的时候发现自己躺在草地上。他在树林里转了许久，肚子饿了只能吃点蕨菜充饥。等随从找到他的时候，他已经死去好几天了。太医们从他的身上找出了致死的原因，但为时已晚。从那以后，汉朝人都不食蕨菜。

这只是传说，传说是没有历史依据的，也或许是当时聪明的人们为了保护这类植物而想的高明之策。传说也罢，高明之策也好，可它永远阻止不了现代人的贪欲之心。看到的只有眼前的利益，却看不到利益背后隐藏着的灾难。我想，蕨菜的历史恐怕要回归到恐龙时代去了。

"天作孽犹可违，人作孽不可活"，这句话说得真好。

柳花菜

我不敢说这种菜是小镇上所有野菜里最好吃的菜，但可以肯定的是这种菜在不久的将来，怕是再也吃不到了。

它生长在海拔3000米左右的高山树林里。准确地说，是寄生于柳树上的一种现存最原始的野生菌类植物，生长期长达三年之久。正是因为它生长在柳树上的原因，大家便称之为柳花菜。可以凉拌，也可以和其他菜一道炒熟了吃。味道香脆鲜美，百嚼不厌。

在甘南，柳花菜随处可见，或密林，或河边，凡是有柳树的地方就会见它的影子。

那些年我常常在雨后去树林。一轮金色的太阳挂在天空里，整个树林全被烟雾笼罩。只身钻进树林，那种湿漉漉、软绵绵的感觉令人欢喜不已，像是在太空中，又像是水帘洞里。新生的苗芽千姿百态，干枯的枝干强劲有力。附着在柳树树皮上的是你说不上名字的千百种生物，而白色里夹带碧绿的、像扇子一样成片连线生长着的定然是柳花菜了。用手一剥，它就会掉落于掌心。一顿饭工夫，剥一竹篮是不成问题的。

好吃难做，说的大概就是柳花菜。

没有柳树，它们就失
去了家园

从柳树上剥下来的柳花菜总是粘着许多树皮，除非用剪刀一小片一小片剪，否则是很难拾掇干净的。剪干净树皮，然后晒干。晒干后，再放到开水里焯。焯的时候要放点碱，火候还要把握好，如果把握不好，出锅的柳花菜要么就坚硬，要么就太烂。一个细心的家庭主妇，她对这些小菜的处理总是恰到好处，不硬也不烂，既不发黄，也不泛青，永远保持着依附在树皮上的那种颜色和姿态。

我在甘南一个叫野林关的小镇上居住长达十几年，对小镇上的一草一木无限眷恋。因为那里的绿色，因为那里的静谧，更因为在那里我曾经发疯般采集过柳花菜。那里的绿色生命丰富了我贫瘠的想象，那里的静谧让我懂得了淡然的含义，那里的柳花菜更使我在不断俯下身子或踮起脚尖时看到了自己的可耻。柳花菜生长期长达三年之久，三年时间如白驹过隙，然而于柳花菜而言，三年时间将是一个生命的里程碑。三年时间它刚刚长成，来不及庆贺自己的成熟，就要告别温暖的阳光，告别滋养它的雨露，还有这个清凉的世界。

美食家以快乐的心态对各种各样的食品进行品味的同时，也将一些可怜的生物带到了绝境的地步。我并不是美食家，可我也好吃。好吃是可耻的？是的，好吃是可耻的。这是我对自己好吃的惩罚。

小镇当属风景旅游区，这里会云集天南海北的游人。小镇借旅游资源而大兴农家乐，柳花菜自然是餐桌上的首菜了。旅游旺季，村旁路边随处可见提篮挎包的儿童妇女。一块干净的花布铺在地面上，各种野菜山货依次摆在那里，成了最抢眼的风景。我不知道这样的风景能够持续多久，这样的风景还能养活多少食客和看客！

随旅游资源的开发，河边的柳树也在一夜之间换成了紫槐树。山林里也因为修栈道而随意砍伐，加上人们疯狂地采集，柳花菜的确越来越少了。没有了柳树，柳花菜就失去了它的家园。失去家园的柳花菜并没有四处漂泊，而是静静躺在超市里，躺在地方特产的柜台上，想象有柳暗花明的那一天。仅剩不多的山涧柳树都被人们剥得不成样子，那光杆滑溜的树皮上怕是很难再生出柳花菜来。柳暗花明对柳花菜而言，怕只是南柯一梦，它的命运早已穷途末路了。

柳花菜味平、性寒，具有丰富的氨基酸、高蛋白、粗纤维，是人体最佳的膳食纤维来源。同时柳花菜还有清脑明目、降血压、补血亏、治疗神经衰弱的作用。这似乎是小镇上所有农家乐主人上菜前的解说词。就凭清脑明目、降血压、补血亏、治疗神经衰弱这些诱人的医疗价值，你再也无法拒绝贪食的欲望。可我一直在想，有一天真的吃不到柳花菜的时候，我们会不会脑子糊涂，双目失明，气血两亏而神经衰弱呢？

鹿角菜

鹿角菜是一种海藻类生物，在中学生物课本上见过，那也是20年前的事。20年前提起鹿角菜，感觉远在天边。的确也是，生活在高原上的人们对大海只有想象。20年后，我有机会看到了大海，可还是没能看到鹿角菜。鹿角菜生长在海底的岩石上，这种距离似乎比20年前的想象还要遥远。

刚从师专毕业，我被分配到甘南草原最北端的一个小镇上教书。闲暇之余，常去河谷森林走走看看。小镇在甘南来说，是最具魅力的一个地方，揭去披在它身上的旅游胜地的外衣之外，当算这里人情最好了。一杯清茶一盘馍，凡是进门就是客，稍坐一会，猪肉面片就给端上来了。这里没有城市里的喧闹，更没有都市里的那种陌生和冷淡。我在这里一住就是十几年。家访，春游，拾柴，煮雪，每一件事情里都包含着无法言语的欢快和欣喜。

第一次见到鹿角菜就是在一次带学生春游的时候。

学校有安排，五一过后各班都有一次春游活动。春游的目的自然和作文课是连接在一起的，作文没有写几篇，见识倒是增添了不少。酸果子、羊奶头花、龙胆草、倒天药都是春游时认识的。学生大都是小镇上的，他们从小在林间穿梭，哪种果可以吃，哪种草不能碰，他们清楚得很。在林间，我就成了他们的学生。

小镇最有名的黄涧子沟有一处苔藓保护基地，鹿角菜就生长在潮湿的苔藓丛中。一堆一堆，成片生长，形似鹿角，色泽碧绿。第一次吃鹿角菜，也是在一次家访期间。其实，鹿角菜在旅游旺季的时候随处可见，只是没有留意罢了。我听学生家长说，这几年鹿角菜的价格好，都被卖到城市里去了。而真正留在镇子上的鹿角菜也只有农家乐里才有，那也是给游客准备的。小镇人在林间住了十几辈子，谁稀罕它呀。鹿角菜吃起来无异味，香脆无比，倘若天天去吃，想必与枯草无二。关键是大多数外来游客从没见过，出于好奇，自然争相食之。再给它贴上地方特产的标签，自然就成了小镇上的山珍佳肴了。

不能不佩服商人的头脑，最为平常的野菜经他们一折腾，身价就倍增。更有甚者专门制作精美礼品盒，印上功效及食用说明。从小镇到县城，从县城到全国，不起眼的野菜摇身一变就成高档礼品，价格一路青云直上。

真所谓一方水土养育一方人。野菜的确给小镇带来了物质上的满足和经济上的富有，但大家都忽略了这种富有背后的代价。为了眼前的收益，贪婪的欲望恨不能采尽大自然一切的馈赠，不仅是矿山、森林，就连那片苔藓地也不放过。

鹿角菜，5月采摘，采摘的人们自然不会一根根往出拔，更不用剪刀等工具小心翼翼去剪，那一双双巨手简直和收割机没有区别，所到之处苔藓被连根拔起。苔藓当属高等植物，它择地而生，鹿角菜寄苔藓而后生。鹿角菜被贪食的众生穷追不舍，苔藓自然无处躲藏。苔藓对土地的保护作用不言而喻，许多苔藓植物都能够分泌一种液体，这种液体可以缓慢地溶解岩石表面，加速岩石的风化，促成土壤的形成，所以苔藓植物也是其他植物生长的开路先锋。假如真有一天没有了苔藓，小镇会是怎样的一个境况呢？我常常做着许多奇怪的、可怕的梦，梦见小镇到处荒芜，寒风习习，山洪奔涌而来，所向披靡……

"城门失火，殃及池鱼"，如果有人想到这个道理的话，那定然是小镇上的先哲了。可这样的先哲一直未曾出现。想必等到唇亡齿寒的时候，返回到远古时代的鹿角菜一定会笑人类的愚笨。其实最可恨的是人类在金钱和欲望的驱使下，早就丧失了心智，想不笨也由不得他自己了。

乌龙头

人们为了满足对吃的欲求总是千方百计尽其所能，在人类面前所有生物都是可待开发的对象，甚至那些毒性很强的东西都能成为餐桌上的极品，多少人为尝鲜命丧黄泉，多少山野村民以命搏钱满足人们的食欲，多少植被因乱采伐而沙漠化。

乌龙头在小镇上是较为珍贵的一种菜肴，之所以珍贵，是因为它有很好的药用价值。可以祛风通络，治疗腰膝疼痛病症。乌龙头是袍木芽的别称，又名木龙头，属五加科落叶灌木，浑身长满小刺，一般生长在林区阴湿之地，或是悬崖峭壁之上。每到春季来临，乌龙头便露出嫩芽，其色呈紫红，形如拇指尖，嫩芽长到4厘米左右，就到最佳采摘时间。最上等的乌龙头当然是未开苞的，嫩茎和嫩芽被一层一层的叶片包裹着，瓷实得很。采集来的乌龙头要经过精心处理才可以吃，嫩茎底端的像笋尖一样的一团毒素要挤出来。不挤出来也可以，只是味道略苦。乌龙头吃之前要在开水里煮，最好煮得烂些。几根辣椒丝、一堆蒜末、一把盐、几滴香油，再洒上陈醋，一道美味可口的乌龙头菜就做好了。乌龙头吃起来风味独特，其味苦中带涩，并夹杂很浓的中药味，也正是它独有的味道，乌龙头在当地也被称为是"味浓头"。

157

采集乌龙头是很费劲的，虽说它不像采燕窝那般艰辛，但乌龙头的生长环境注定儿童采摘是非常危险的。初春时节大人们都忙，抽不出多余的时间专门去河道或悬崖边采集乌龙头，如果错过时节，整个旅游旺季餐桌上就会少一道最卖钱的菜品。为此，家长们便想到了自家的孩子。每年初春，当地的半大小子三五成群地扛着家长给他们做好的一根很长的木杆，木杆一端扎有铁钩，站在崖边树下，用铁钩把一树乌龙头钩下来，堆成堆慢慢采摘。孩子们天性贪玩，他们喜欢把乌龙头的枝干钩弯，甚至用小斧子劈断。边打闹变采摘，把肆意糟蹋树枝当成最具挑战性的游戏。那个时节，从河底到悬崖，无处不见乌龙头的残枝败叶。

乌龙头是常年生木本植物，但我觉得叫它永远长不大的植物更加合适。乌龙头在刚刚发芽的时候就被人们摘去顶端嫩芽，它怎么能够长大呢？何况铁钩横飞，陈年枝条都难以保留。一季下来，倘若你能见到乌龙头，就会发现它的身影更加苗条而稀疏了。每每这个时候，总是让人产生怜香惜玉的伤感。

倒天药

倒天药是我们这里生长的一种植物，我查过许多关于中医药剂方面的书，却始终没有找到与它相符合的品名。它开淡黄色的酷似小喇叭一样的花，成熟后便可以看见花蕊里包裹着很小的一个红玉米一般的果实，沉沉地倒垂下来，也是因为这个缘故吧，我们这地方的人都叫它"倒天药"。倒天药的生长期不长，短短一春，它就完成了生命的涅槃，等不到金秋它就枯死了。我时常想，有些植物生命期很长，可偏偏不结果；而有些植物花开艳丽，却偏偏在一瞬间就走完了它辉煌的一生。当然，这些都并不重要，重要的是那些绿颤颤的叶子始终令人无法忘记。

倒天药的叶子尖而长，呈五瓣形向四周散开，仿佛鸡爪，又好像小孩子的手，看似平展，而又略显弯曲。它的茎秆笔直肥壮，像大黄的茎，又仿佛荬苣的枝。一日闲着串门，我看别人窗台上放着一盆花，鲜翠欲滴十分可人。

我以为是啥名贵品种，而朋友告诉我说，它叫倒天药，山坡上随处可见。

倒天药大多生长在潮湿的地方。它的根不深，轻轻一拔，便可以连根带泥拔出来。它的根像大蒜，圆而白净，根须多而长，和山羊的胡子差不多。我问过地方老人，他们说，这花的具体名字谁也说不清，但它的用处很大，倘若牲口得了尿结，用它煮半锅水，灌下去立马就好。春天早早一来，就得进林爬山去找，然后挂在房檐下晾干，收藏起来。到时候便可随手拈来。现在很少有人会用了。牲口越来越少，小镇上有了兽医站，倒天药这种偏方渐渐被人们冷落下来了。我听了心中便生出一种怜惜。其实，他们说倒天药随处可见也不完全对。那天，我找了好一阵，才找到两三株。

倒天药的生命力很强，尽管我拔断了许多根须，但它还是不折不挠地活了下来。我把它们放在窗台上甚至忘了浇水，它活得依然那么旺盛，强大。有一天我突然发现它们蔫了，失去了往昔的活气，而我又意外发现了一粒粒红玉米似的果实像一个个小棒槌倒垂在蔫了的叶片周围。到时候了，它们算不算夭折？算算时间，距离秋天还有些时日，我想起当地人所说的话。这么短的时间内倒天药就走完了它的生命历程。多日来，我于匆忙之间的确冷落了它们，不懂得爱惜花木，当然就不懂得怜香惜玉了。

有天中午，我突然感到头晕，然后流鼻血，生病了。好在小镇上有一个老中医，我向来不大喜欢吃西药。老中医为我开了三剂中药，全是一些草根之类的，我发现倒天药的果实也在里面。倒天药？老中医说，是倒天药，可以利尿清毒，也可以止血。入药时要炮制，不可以直接使用。我这里的倒天药都是自己亲自采来的，放心吧，不会有假。我恍然醒悟了，难怪当地人所说的随处可见的倒天药却变得那么难找了。它会不会在某一天突然消失？我想到这儿，便匆忙回家，小心地摘下窗台上那些倒天药的果实，把它们轻轻放到书柜下面的抽屉里。我想，如果真有那么一天，我要亲自去林里播种倒天药，成为一个药剂师不好吗？

我的内心荡满了骄傲和幸福，因为我觉得自己的想法还是有意义的，真的有意义。

苔藓的命运

　　7月，小镇就迎来了她的盛夏。白昼长得要命，热得烦躁，连气流都感觉带着热浪，想找一处阴凉似乎很难。大大小小的车辆停靠在狭窄的路面上，小镇不再闭塞，她正在接纳四面八方的游客。

　　距小镇不远处的赤壁峡谷在赤天烈日下更是让人无法承受，那长而窄的峡谷几乎成了热鳖。我很早前来过这里，一个人静静地走，四周除了钻天雀悠扬的鸣叫外，便只有自己沙沙的脚步声。那时树林丛生，道路布满荆棘，清澈的流水在山间淙淙作响。这两年我一直蜷缩在家，偶尔出没于田地，但很少去峡谷散心。然而就在短短的两年时间里，峡谷却有了令人吃惊的变化。丛生的树林中间被辟出一条小石子铺成的道路，淙淙作响的小河也被堵截成一潭死水，钻天雀销声匿迹，取而代之的是人群烦乱的叫嚷声。没有丝毫阴凉，也找不到自然的声响，我有点懊悔，也为自己无端步入峡谷有点自责了。小镇在不知不觉中的变化带给我某种难以言明的骚动和不安。

　　步入峡谷，凉亭就在眼前，似乎有种绝处逢生的喜剧感。我迫不及待奔过去，坐在石条椅上大口喘气。峡谷里的凉亭都是新建的，纯木制作，就地取材。四周有护栏，护栏下有人工打磨的精美石椅。我坐在石条椅上便觉得有土渣下落，抓在手心一看，惊奇地发现落下来的全是干枯了的苔藓。原来凉亭上面搭上去的全是苔藓，它们在7月阳光的照射下已经枯萎得找不见丝毫绿意。

　　儿童时代特别羡慕大人抽烟，抽一口，半天不说话，烟从鼻孔里徐徐而出，悠然自如。我看着口水直流。可惜那时候生活很困难，小孩子手里自然是没有钱的。再说了，烟丝的价格比盐还昂贵。家里的南墙处有一片湿地，那里生了许多苔藓，于是我便把它们一一抠下来，晒干，揉碎。等家里没人的时候，就把那些晒干的苔藓装进黄铜做成的水烟锅里，咕噜咕噜抽起来。一点都不好抽，焦灼、呛人，嗓子里像点了一堆柴火，眼泪像门前的小河哗哗流着。从此我对苔藓一直有着某种情绪上的抵制。

香子沟深处有一处阴凉地带,被国家列为苔藓养护基地。这是去年我陪朋友经过那儿才知道的。

科学家这样说:苔藓属于最底层的高贵植物。它无花,无种子,以孢子繁殖,没有真正的根和维管束,喜欢阴暗潮湿且有散射光线的环境,一般生长在裸露的石壁上,或潮湿的森林与沼泽地。

当我们走过林间栈道步入山间小路的时候,发现了一片巨大的绿色岩石。瞬间,一股凉意便从心底升腾而起。厚厚的,湿湿的,一片一片紧紧贴在岩石上,像一张绿色的棉被。它们用团结的力量紧紧抓住大地,千年万年都不变。它们把身边的水土都笼络在一起,滋养天地万物骄傲的色彩,令人肃然起敬,感叹不已!

我的思想从儿时的趣事一直漂游到落在掌心的苔藓上,于是便走出凉亭,看着搭在凉亭上面那么多枯萎干黄的苔藓,不由得吸了一口凉气。这些苔藓的来源不用说,小镇上除了香子沟的苔藓养护基地之外,我没有发现其他地方还有如此丰厚的苔藓。

那是多年以前,我和朵朵去外香寺院,在寺院的某个阴凉背后处见过苔藓。当我们踩着那铺满苔藓的小路,仿佛一下子就回到了远古时代。身心轻捷,灵魂也仿佛清洁起来。一尘不染,唯有一抹绿色,深入大地,至死不渝。那只是一瞬间的念想,我们谁也没有在红尘世界里做到真正的一尘不染。而今我们的身边到处是人的潮流,无所不在地占有空间,甚至入侵、劫掠。绿意不断在萎缩,山水日益丧失着它的风骨和神韵……

凉亭的建筑风格完全合乎古典的意蕴,凉亭的设计者们不会有错。他们估摸现代人们难以猜测的心思,竭力让大家回归原始的、淳朴的大自然怀抱。然而他们从不去想,也不理会如此愚笨的行为所带来的后果。他们正在破坏一种原生态,而兴奋地去制造另一种"原生态",且把这种制造视为新的创意而大肆宣扬、推广。

峡谷里叮叮当当的响声隐约可闻,那是来自正在建筑的工地。一边破坏,一边打造旅游品牌的小镇,那片苔藓将怎么能够满足无边无尽的"原生态"建筑呢?可以大胆地断言,不上两年工夫,苔藓——这种原始的、最高贵的绿色植物将会从小镇绝迹!我们失去的仅仅只是苔藓吗?不,我想,我们失去的应该是这个世界最古老、最纯真的色彩。

月光让我的心变得更加透亮

我在辗转的途中，总会遇到雪
它为我打开阳光的窗户
让我不停地爱上这个美丽的世界
雪飘在我心灵里，让我无法割舍这个孤独的小镇
我不告诉任何人，我的爱多么宁静

火红的狐狸

　　小镇经过一季的休养生息，渐渐从瑟缩中舒展起来。山梁上缠绕着初春时分的尘烟，低洼处也有了湿度；田地像发酵的面团，蓬松而肿胀；树林似待嫁的姑娘，带着娇羞的容颜；冶木河发出欢快的叫喊声，岸边的柳条也借春风怀孕，絮包挂满枝头。蜷缩了一个冬天的人们开始出门，开始活动一生里不停操劳的双手。这时候，我坚守了一个冬日的心情就开始松动了。走在2月的田地里，踩着田地酥软的胸脯狂奔一阵，大叫几声，真有点儿无法说清的感觉。田地带点儿腥味，仓鼠们把一堆一堆的新潮泥土送到地面，而后又隐藏起来。枯黄的席芨草摇摆着脆弱的身躯，根系处已经有新生的嫩苗。阳光柔和，纵然飘一点儿薄雪，也感觉不到丝毫寒意。

162

　　坐一阵，走一阵，阳光在坐坐走走里却已转过了身子。回到家，把一天的欢愉之情安放在椅子上，心突然就空了。说不清楚，也搞不明白，这种奇怪的感觉长期盘踞在心底里，让我在天地间来来往往，披星戴月，去寻找一个存在的理由。或是我的某种想法在不经意间萌发出高于生活的需求，而致使情绪紊乱，平淡之心也开始渴求"荣华富贵"了。

　　房屋后面的山坡不大，山坡四周同样是不大的树林。打开窗户，我就能听见万物的私语，那声音里混杂着无尽的甜蜜。田地深处，泥土之下，众多生灵定然在握手言欢。密密麻麻的树林在夜晚里安然入睡，那种和谐与平淡让我为自己的想法自惭形秽。

　　狐狸在小镇上是稀奇之物，偶尔见到年老者头戴狐狸帽的时候我的心里就有许多不安分的想象。小镇在很早以前四处全是森林，豹子、狼、鹿，自然不会缺少，可现在却很难见到它们的影子。有位年老的长者曾经告诉

163

我，说这里最多的是狐狸。由于狐狸的贪吃和狡诈，小镇上许多人家鸡窝里的鸡无法安生，于是大家便大肆捕捉。当大家把它追赶进窝里，然后挖掘的时候，狐狸就会耻笑人类的愚笨，因为狐狸的巢穴有许多出口。猎人做陷阱的话，狐狸会悄悄跟在猎人屁股后面，看到对方设好陷阱离开后，就到陷阱旁边留下可以被同伴知晓的恶臭作为警示。狐狸看到河里有鸭子，会故意抛些草入水，鸭子习以为常后，它就偷偷衔着大把枯草做掩护，潜下水伺机捕食。因而，在人们心里狐狸就成了凶险和奸猾的代名词。没几年，狐狸在小镇上就不见身影了。

长者讲述有关狐狸的故事已是许多年前的事儿了，现在那位慈祥的长者也已长眠在山洼深处，成了狐狸的邻居。也或许是狐狸身上每一部分都极具价值，受到大多数人的青睐，故而难逃杀身之祸，于是它们就不断改造自己，让自己适应环境。可惜我们看不到这点，也没有人从狐狸生存的本身去思考，而一味诋毁它的奸猾，大肆宣扬自身的善良。狐狸的善良只有智者尚能发现，蒲松龄在其小说中还原过它的本性，相比而言，人类心灵的丑恶和虚伪就很难遮掩了。

还有位老猎人说，最好的狐皮需要捉到活狐狸，然后绑在树干上，把烧红的铁棍从它屁股里捅进去，狐狸在疼痛与挣扎下全身会无限扩张，毛发竖起来，看上去像钢针，摸起来却柔软无比，那样的狐皮才可以卖到天价。老猎人讲完之后，我早汗颜不已。很多次，我在深更半夜总要打开窗户，想象着会不会有狐狸从我眼前跑过。可我看见的却只有黑乎乎的山林，只有安静入睡的小镇。于是，众多美好的狐狸的故事就会浮现在脑海里。于是我就在纸上写下这样的句子：

等待我的人在不远的地方
怀有善良，也怀有恶意
我看见聊斋里的女子依然呢喃
痴情的书生在烛光下
想象还有多少时日
她就是那只火红的狐狸……

有天晚上，我睡得迷迷糊糊，睡梦里听见"咕咕"的声音。是狐狸？我爬起身趴在窗口，却什么也没看到。可那声音一直叫着，悠长，哀怨，夹杂着无尽的凄凉。是狐狸的声音，那声音和当年长者告诉我的狐狸的叫声一样。一定是火红的狐狸，一定是当年遗留下来的狐狸的子嗣，一定是前来拜祭曾经的祖先，一定是来偷窥小镇上人们自私的生活状态。

没有狐狸的小镇和有狐狸时的小镇无本质区别——风吹日落，花开雪飘。一种较高的生活水准是不是都要以大自然作为代价？2月是狐狸发情的季节，我想，它会不会对小镇有了新的看法而决意留下后代？或是在彻底告别前做最后的回首？我不得而知。

鹿死谁手

懒惰使我的骨骼松散，走路摇摆。久坐让我和朋友们失去联络而不知门外之事。懒惰和久坐给我把孤独这个绝好伴侣带到身边。懒惰和久坐也给我带来了前所未有的痛苦——痔疮又犯了！老中医把脉问诊之后得出这样的结论：长期久坐，导致血液不畅，肛管皮下扩张屈曲而形成柔软的静脉团。他老人家建议经常用热水清洗，最好拿一块儿鹿皮垫在屁股下。热水清洗不成问题，寻找鹿皮却是很大的困难。小镇上有鹿，但那是何年何月的事情了。纵然现在有鹿，怎么能剥下一块儿皮来？

觊觎的东西总是难以实现，而无意之中的闲谈却了结了我苦苦纠结的愿望。那天，我在小镇的加工厂旁边看几个老人打牌，其间有位老者匆忙离开，说鹿苑里死了一只鹿，需要料理，于是我紧紧跟随他老人家前去鹿苑。

鹿苑就在小镇不远的香子沟，"香子"原是方言中的麝鹿。香子沟早已不见麝鹿的奔跑，显得有点寂寞了。3月让大地开始潮湿起来，墒气从地下冒出，形成烟一样的云雾，缭绕在大山之巅和森林之上。我随老者穿过一片一片的树林，踏着没有完全消融的积雪，一边走，一边聊天。

老者告诉我说，小镇以前林子很大鹿很多，后来国家调拨大量木材，用

165

当它们张大眼睛看着众多直立行走的庞然大物时会想些什么（李城 摄）

于新的建设，这里一度曾出现过满山秃荒的景象。现在看到的这些树木都是在最近几十年护养下长起来的。鹿苑以前是国家专门用来饲养和培训鹿的地方，喂养鹿的人喂不好鹿，每年都有许多鹿死亡，后来，林场就把鹿苑专门承包给几个退休的老工人，鹿在小镇上越来越少，不专门饲养怕要断后了。

老者步伐矫健，似乎和他的年龄有点不太相称。林间小路湿滑厉害，他见我气喘吁吁，便放慢脚步，继续说着与鹿有关的话题。

养在这里的鹿体型都不大，都是草鹿，每年3月喂养时要格外操心。3月是鹿交配的季节，不小心就会使那些身怀有孕的鹿走向死亡，那些雄性不但白费力气，还会失去同伴，会很伤心的。

他还说，鹿是世界上珍贵的野生动物，全身是宝。自古以来鹿茸一直是皇室和达官贵族的长寿补品，不过现在不一样，只要有钱，它同样可以进入平常百姓家。鹿角每年都会脱落，随后又生出新的，所以在脱落之前往往要锯下来。鹿角刚长的时候，全身精血都会供应到角上去。新生的鹿角摸上去软软的，很烫手，锯鹿角的时候往往会流许多血。鹿茸生精补髓、延年益阳；鹿血大补虚损，补血养颜；鹿骨补钙护钙，防治骨质疏松；鹿鞭更是男士之宝……

老者说得无心，而我听着心里却不由得一紧，眼前似乎出现了鹿被锯角时的痛苦挣扎，乃至绝望地嘶鸣。

到鹿苑了，这里是一处较为平坦的巨大草场。草芽虽然没有出来，远远看去却大有绿意初萌。老者说，雪是鹿最大的灾难之一。如果雪不是很大倒也没什么，但当雪变得非常厚时，它们就很难找到食物，所以遇到下雪天等雪停了就要赶紧处理干净。草场四周拉着铁丝网，里面果然干干净净的，没有乱七八糟的杂物，只是一堆堆枯草和横七竖八的枝叶。鹿苑里只有三只鹿，都没有角，它们卧在草地上，一动不动，也无视我们的到来。我所知道的野外动物大多都是凶猛可怕的，然而被圈养的这些鹿却使我的想象失去了科学的依据。不得不承认人类驯服动物的"伟大"发明，一些野生的动物在这项"发明"里不知不觉就失去了它的凶性，一个个变成了人类玩于股掌的小可怜。

香子沟四面临山，绵延无尽，它暂时保持着固有的原生态，保持着与喧哗隔绝的安宁。小镇的旅游业现已蒸蒸日上，夏季来临，小镇就会骄傲地敞开胸膛，接纳来自五湖四海的客人，那时候谁知道这里的一切将是什么模样？况且，这里已经修了公路，已经做好了穿山越岭的栈道。这些被圈养起来的鹿立马会给小镇的旅游业带来新的活力，它们的存在绝对会让小镇在旅游业的巨伞下日益富裕。当它们张大眼睛看着众多直立行走的庞然大物时会怎么想？会想些什么……

回到家里，屁股落在暖和的鹿皮之上，我内心突然生出一个可怕的想法：鹿死人手，而人会死于谁手？

月亮的清辉

我从田地里回来的时候，月亮已经爬上东山坡，她露出圆润而光洁的脸蛋，有点羞涩，但丝毫不掩饰。小镇上的九月已经有霜冻了，此时我就感觉到有微微潮湿的气息不住扑打在脸上，有点凉，有点冷，手腕上的篮子也有点倾斜。

　　田地就在我屋后，一片接一片，一亩连一亩。农忙季节已经过去了，万物在阳光的滋养下又焕发出它们短暂的春天来。苦苦菜、车前草、黄瓜子、野苦豆、辣辣秆，它们一一被我收留在篮子里，成了冬季里清热解毒的绝好药材。选一个温暖的时间，我会蹲在地上将它们认真修剪，除去根系上的泥土，掐掉底层枯黄的叶子，然后洗净晾干，放在锅里焯好，最后连汤倒进瓷罐里，加上一勺现成的浆水，撒一把生面，在暖被下捂上一宿，一坛新鲜而可口的浆水就做成了。

　　每年深秋，我都要做许多这样的浆水，等心急上火时，便可吃上一碗。然而更多的时候情况往往很糟，没等火上来，浆水早倾坛而空。这时候，我常常懊悔自己平日里的懒散。踏入田地，从来就没有精心去挑那些花样繁多的野菜。大多时间坐在地头，痴痴望着不大也不小、生活了多年的这个小镇。临河最上头是牛家铺子，最下面是陈氏中药房；左面是一片树林掩盖下的木器加工厂，右面是杨柳遮掩下的新农村，一座桥连接着东西南北，连接着十里八乡的心灵。坐在地头一直就那么痴痴地望着，一望就是一下午。有时候我真恨不得把它们全部装进我的口袋，像一张图纸一样，无论走到哪里，只要一打开，小镇就在我眼前。

月亮出来了，小镇在我的眼睛里又是另一个新的天地。没有花灯，没有喧嚣，没有来回穿梭的人群，也没有寻花问柳的骚客。小镇像一间房屋，它装满了月亮的清辉，也装满了夜晚的宁静和简朴。这间房屋的四周都有我可以出出进进的门，一进门，就可以拥有这里所有的财富。这时候，我就不会感觉到自己有丁点儿贫穷了。

踏着月亮的清辉，看着屋后大片大片的田地，听着屋前冶木河淙淙的声响，我就在脚下的这片土地上坐下来，望着远处婆娑的树影，数着月光下匆忙飞舞的蚁虫。很多时候，我也在潮流里疯狂追求鲜艳的花朵，以满足私欲，可就是无法参透天地万物给予我变与不变的永恒。

月亮上来的时候，我仿佛迎来了久违的伴侣；清辉消失了，我又感觉一个伴侣从心灵里隐去。劳动者从田地里归来，常把白昼里疲惫、粗俗而杂乱的思想放到火炕上，坦然自如。我自视为劳动者，却不能安然就寝。我的心里住着新的苦闷，却不能幻化出超越自我的力量。

某一日，我读到一则禅宗故事。

当秋风萧瑟之时，有随行弟子问赵州禅师：槿花带露，桐叶舞秋，如何从这些衰败景象中去了悟人生的真实呢？禅师答道：不雨花犹落，无风絮自飞。

花落不是因为雨的过错，絮飞也不因为风的缘故。这一句著名的禅语，为我们洞穿了生生灭灭的自然法则。月亮来来去去，从未以小镇的忧乐而改变她的清辉。古人尚有"不以物喜，不以己悲"的高尚情操，而我却常因自私或占有而伤怀，在如此安然而平静的小镇上，怕是有愧于这纯洁月亮的清辉了。

从小镇到草原

静静守望太阳神：行走甘南

离开小镇整整三年时间，但似乎又感觉没有彻底地离开。

十年前，我来到小镇上，之后便成家，于是就有了属于自己的一间小屋，结束了漂泊的日子。小屋背靠大山，怀抱日夜欢歌的冶木河。那里的一草一木，一山一水，陪伴着我，转眼已过十载岁月。真的喜欢小镇，怕是在那儿留下了过多的难以割舍的东西。

小镇是甘南有名的自然风景区，春夏秋冬，都会有天南海北的游人。峡谷森林，小桥流水，没有任何偏见，也没有私欲，它让生活在这里的人民从传统走向现代，从贫困走向富裕。然而当新的一种文化在人们的不断开掘下渐渐走向成熟的时候，小镇却失去了它最初的质朴。不论是喜欢还是内心的倔强，在日益变化着的小镇上，我依然做些自己喜欢的事。感谢自己，也感谢多年默默关爱着我的朋友们，你们真挚慈爱的目光给予我永不言败的毅力，也给予我勇往直前的恒心。没有理由放弃，剩下的只有好好活着，可是我却离开了小镇，那间朴素的小屋子也随着我的离开而改换了主人。

　　和草原无法分开。十几年前，带着青春的梦想，走遍甘南草原。十几年后的今天，我又返回到草原，那份漫游草原的情怀重新被点燃。当我再次深入草原，目睹她的辽阔，见证了她的在时光下和时代里的变化。实际上，我看到的更多的只是景观，只是表层的绿意或苍茫。当我随同朋友们在草原上游走长达数月，才或多或少感受到草原生活的幸福和艰难。人一生都在寻找梦想中的幸福，更多的只是对那种想象的觊觎，而不为人知的另一种生存状态呈现给我的也只是表象，所以，我想深入草地，要寻找另一种真实的生存状态。

　　岁末将至，我应该将此后的岁月与此时做严格的区别。因为灵魂一直在路上，不断地赶行。

"行走文丛"让读者期待

　　"行走文丛"是海天出版社近年精心策划打造的一套文化散文丛书,它以作者亲身行走寻访为切入点,将沿途所见、所闻、所思及相关的历史文化呈现为优美、深刻的文字,区别于那种走马观花、浮泛浅陋的游记,虽然也是行走,但着眼处不在"走",而是对当地现实及历史文化的再思考、再发现和再认识。作者们目光所及,步履所涉,思考幽微,见识独到,对一些习以为见的历史文化景观及人文现象,进行了重新认识、梳理和反思。丛书力求做到图文并茂,雅俗共赏。打开本书,必是一次与精彩文字和优美图片的美丽邂逅!

已出版书目:

走马黄河

太行山记忆

到一朵云上找一座山

陈为人 / 著
定价：35.00元

陈为人 / 著
定价：35.00元

黄老䪬 / 著
定价：39.00元

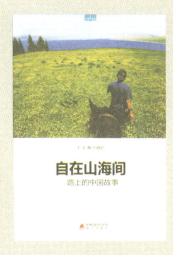

自在山海间

田野上的史记

一个人的国家地理

大力 / 著
定价：38.00元

熊育群 / 著
定价：36.00元

朱千桦 / 著
定价：39.80元